KB003325

우울 씨에 관한 48가지 비밀

우울 씨에 관한 48가지 비밀

전욱 지음

소울앤북

차례

1. 심작

나는 우울해지면 언어의 감기에 걸린다.

간밤에는 '심작心作'이라는 말을 만났다. 그 말이 툭, 하고 내 머릿속으로 떨어졌다. 어디에서 온 말인가, 누가 던져놓은 말인가, 목소리의 색깔은 어떤가. 걸음걸이는 어떨까. 심작이 나를 찬찬히 쳐다보다가 피식, 웃다가 바퀴벌레처럼 걷다가 전등처럼 천장에 매달았다. 심작은 심장발작인가, 아니면 팔만대장경에서 도망쳐온 경문인가, 심히 작작인가. 그러고 보니 그 말에서 뒷골목의 패싸움 소리가 들리는 것 같기도 하고 절간의 종소리가 들리는 듯도 싶다.

5W의 목소리…… 시으음 자아아ㄱ……. 팔만사천법문이 일으키는 발작이다. 절에서 쫓겨난 스님이 탱글탱글한 머리로 치는 쇠북소리다.

한 스님이 있었다. 그 스님은 일찍이 절간을 박차고 나와 도시 한복판 남의 집 옥상에서 텐트를 치고 살았다. 스님은 떠돌이 땡중이었다. 낮에는 잠만 자다가 밤이 되면 승복을 차려입고 출타를 했다. 그리고 새벽에 들어왔다.

"스님은 뭘 하러 다니시는데 그렇게 새벽이슬을 맞고 다니십니까?"

스님은 잠자리가 스르륵 날아가는 듯한 미소만 지었다. 스님의 미소에서는 하룻밤에는 절간을 짓고 그다음 날에는 그 절간을 허물어버리는 소리가 들렸다.

스님의 눈에서 쇠북소리가 운다.

심장 발작이다.

우울에 빠지기 시작하면 감각은 뒤죽박죽이 된다.

어둠 속에 묻혀 있으면 왼쪽과 오른쪽 귀가 다른 소리를 듣는다. 밤이 밤으로만 연결된 시간 속에서 한쪽 귀는 다른 쪽 귀를 배반한다. 오른쪽 귀가 전화벨 소리를 듣고 싶어 하는데 왼쪽 귀는 거울의 침묵에 쫑긋한다. 귀들은 듣고 싶은 말을 듣기 위해 다른 쪽 귀로 가는 말을 뭉개버린다. 말소리는 셀로판지로 만든 전화기에서 웅얼웅얼, 머릿속을 기어 다닌다. 왼쪽 귀가 칭얼거린다. 오른쪽 귀가 투덜댄다.

오늘은 시간의 목소리를 듣고 싶다. 히스테리를 부리는 옆방 문고리의 사생활을 엿듣고 싶다.

빌어먹을! 오른쪽 귀가 웅얼거린다.

냅둬! 왼쪽 귀가 빈정댄다.

귀들은 장난꾸러기들이다. 눈은 게으름뱅이지만 귀는 너무 부지런하다. 눈치는 느리지만 귀치는 빠르다. 귀는 도둑 같다. 나는 유령들이 모이는 시공간이다. 벽을 뚫고 다니기도 하고 창문을 쉽게 넘는다. 귀는 눈보다 예민하다. 참, 치 치 치, 사치한 녀석이다.

나는 소음의 창고가 아니다. 나는 소리들이 흘러드는 바다가 아니다. 내 머릿속에서 떠드는 자들의 소음을 쏟아 부어버릴 곳은 어디인가. 코카콜라, 코카, 코카골라, 고가골라, 골라, 골라 ……

2. 언어의 자위행위

우울한 자의 언어에는 그림자가 많다. 거기에서는 환청이 들리기도 하고, 목소리가 휘어져 단어들이 바람에 날리기도 한다. 나는 그림자 진 말을 베낀다. 하지만 잘못 베끼기 일쑤다. 나는 나 아닌 곳에서 헤매기 때문이다. 내가 다니는 곳에는 나를 닮은 사람들이 득시글거려 그 어디에서도 나는 나라고 할 만한, 나에게 속한다고 할 만한 사람을 만날 수 없다. 나는 내내 나를 기다린다. 그리고 내가 바라보지 않는 곳에서 나를 보고 있는 나를 위하여 나는 쓴다. 우울이 나를 베낀다.

내 머릿속은 온갖 소리들로 사고다발지역이다. 시간을 갉작이는 시계 소리, 구멍을 벌리는 바퀴벌레 소리, 쓰레기차가 보채는 소리, 엇박자 스텝으로 서두르는 소리, 바람이 창문을 비집는 소리, 햇빛이 지붕을 갉는 소리, 바람이 다른 지역의 소문을 번역하는 소리…… 소리…… 소리…… 흰 고양이, 검은 고양이, 초록 고양이…… 그리고 유령들. 모두 개소리다.

길고 짧은 목소리들이 밀고 당기며 나를 에워싼다. 밀려왔다 밀려갔다 소리의 파동이 어둠을 갈무리하고 아침을 불러들인다. 누가 아침을 배달한 거지?

머릿속 사람들은 진즉 일어나 떠돌아다니고 귀가 몸을 일으키지만 눈은 어둠을 걷어내지 못한다. 생각의 파도에 눈이 떨린다. 아르보 패르트의 선율이 빗방울인 양 천장에서 뚝뚝 듣는다.

밖을 내다보지 않은 지 며칠째인지도 모르겠다. 태양은 하루를 만들고 달은 하루를 지우지만 그 태양과 달을 보지 않는다면 시간이란 무슨 소용이 있겠는가. 오늘은 어제가 되고 내일이 될 수 있다. 초하루나 그믐이나 뭐가 다른가. 태양과 달은 번갈아 가면서 창문을 채색하지만, 커튼이 태양과 달을 모른 체한 지도 오래다. 소리는 몰상식하다. 이불을 둘러쓰고 있어도 소리는 엑스레이처럼 파고든다. 소리는 벽을 습자지로 만들어버린다. 발가락이 저절로 꼼지락거린다. 머리보다 먼저 손가락이 움직인다.

나는 나 자신으로부터 실종되었다. 나는 내가 아니다. 나 자신인 적도 없다. 시간은 나로부터 추방되었고, 풍경은 눈을 삭제했다. 단어들, 무수히 많은 말들이 머릿속을 기어다니며 생각의 풍경을 더듬는다. 머릿속을 뒤지는 구더기인 양 단어들이 꿈틀거리며 미끄럼을 탄다. 물에 빠진 개 짖는 소리, 해시태그 붙이는 소리, 전화의 목소리, 온갖 불협화음들. 묵, 줌, 얼, 골, 뭅, 찛…… 이런 것들은 다 무엇인가. 머릿속으로 뜻 없는 말의 강물이 흐른다. 이 강물을 쏟아버리려면 창문을 내야 한다, 숨을 크게 쉬어야 한다. 아니다. 아직은 아니다. 나는 실종자다. 누군가가 나를 지켜보고 있다. 나 자신이라 할 수 있는 나를 지워버리는 게 급하다. 나는 도망자다. 누구로부터 도망 왔는가. 나는 그날로부터, 나 자신으로부터, 혹은 한 시대로부터, 내 고향에서 도망쳤다.

나는 언어로 되어 있다. 나 자신을 지우기 위해서 내 머릿속 단어들을 모두 엉망으로 만들어버리고 싶다. 나에게서 언어를 추방하고 싶다. 나는 철저히 고립되고 싶다. 시간과 장소, 살아 있는 모든 것들에서 도망치고 싶다. 밤에서 밤으로 이어지는 목소리를 만나야겠다. 밤 속에 눈동자를 떨어뜨려야겠다. 밤은 나를 세상으로부터 지워준다. 말을 녹여버리고 입조차 검게 만들어야 한다.

언어는 두서도 없고 왜곡되기 쉽다. 이 글은 어느 지하실에서 어둠을 기웃거리는 바퀴벌레의 행적이다. 죽음의 냄새가 아무 데서나 싹을 틔우는 언어의 찌꺼기다. 죽은 언어들의 향연이다. 이 지상에서 실종된 언어들의 집합, 폐허 속의 풍경이다. 기록된 말들은 앞뒤가 맞지 않는다. 앞에서 했던 말이 뒤에서 뒤집어지기도 한다. 말은 나와는 상관없이 다른 말과 이어지고, 다른 말과의 관계 속에서 살아간다. 언어의 자위행위다. 얼굴 없는 단어들의 자위행위, 혹은 죽은 말들의 연쇄이다. 이 지상에 없는 주소와 시간 속에서 단어들은 어떻게 살아가는가. 이런 말들의 사생활 속에서 나라는 존재는 하나의 안줏거리밖에 되지 않는다. 이 글은 언어가 주어이고 나는 서술어가 되어 태어난 언어의 자위행위이다. 그 사이로 목적어와 보어가 들락날락한다.

자신의 머릿속에 갇혀 있는 자의 비망록.

나는 우울, 어둠의 우물에 빠진 자의 꿈속을 헤맨다. 그 어둠 깊은 곳에서 빠져나오면 감기에 시달린다. 그리고 감기약은 정신착란을 일으켰다. 타미플루는 하나의 세계이다.

실어증에 걸린 사물들이 말을 건다.

사물들이 나를 만진다.

내 방은 무인도다. 우주의 어둠 속 티눈 같은 작은 행성이다. 목적도 없고 일정한 궤도도 없이 떠도는 무색무취의, 혹은 모든 색과 맛과 냄새의 공간이다. 나는 안테나를 세우지도 않는다. 하지만 내 감각들이 점점 예민해져 간다. 귀들은 소리들을 모으고 눈은 온갖 풍경을 불러온다. 토토토, 쿠쿠쿠, 스슥 스르륵, 양양양, 우엉부엉, 숲이 엉금엉금 기어오기도 하고 바다가 소리도 없이 방 한쪽으로 흘러가기도 한다. 숲의 바람 소리가 우주를 끌어들인다. 어느 병실이리라. 언젠가 갇힌 적 있던 충무로 아스토리아 호텔 704호일까.

　　머릿속 사람아, 알아들을 수 있게 말해줘!

3. 행성 B59

불안에서는 지독한 냄새가 난다. 떼구루루 구르는 알약 냄새 같은, 소리치고 싶어 하는 눈빛에서 흘러나오는 기억 같은, '믿을 수가 없어!' 하면서 입술을 빠는 아저씨의 표정 같은 처참함이 있다. 항우울제들이 떼구루루 굴러가는 소리 는 쓰디쓰다.

나는 우울증에 걸렸다.

생각이 바퀴벌레처럼 가느다랗게 스며들어 빛을 갉는다. 기형의 걸음걸이로 절뚝인다. 한쪽 얼굴이 뭉개진 눈에서 문 자들이 흘러나온다. 뭐라고, 뭐? 질문과 답이 교차하지만 말들은 서로 비껴갈 뿐이다. 서로 만나지 못하는 말들이 허 공으로 낭비된다. 잘려나간 말들에서 울음과 소리가 섞이고 범벅이 되어 무너진다. 어둑시근한 머릿속으로 단어들이 제 멋대로 떠다닌다.

깜:놀하다는 너누룩해질 수 있어, 닭탱이가 쬐만 젊었어도 꽝꽝해보겠는데, 시금털털하다가는 심멋하기 일쑤, 즐팅하 다가는 때꾼해진다고. 시금털털 쿠쿠 시:쿵……

말이 되지 못한 자음이나 모음 들이 귀에서, 혀에서, 손에서, 어깻죽지에서 돋아난다. 혼돈의 언어가 불안의 풍경을 만든다.

얼마나 멀리 와버린 것인가. 아직도 나를 기억하고 있는 사람이 있을까. 나는 거짓말이다. 존재하지 않는 허상이다. 나는 의식으로만 존재할 뿐 살과 피가 없는 환영이다. 왜 나는 이 숨 막힐 듯한 공간에 갇혀 있는가. 왜 아무도 나를 찾지 않는 것일까. 왜 내 방문을 노크하는 사람이 아무도 없는가. 나는 이불을 박차고 일어나서 방문을 열고 나갈 수 있을까. 기침을 해본다. 큰 소리를 내본다.

거기, 누구 없어요!

나 자신에게조차도 들리지 않는다.

아, 아, 아…….

으, 음, 으음……악!

환청인가. 아니야. 나는 살아 있어. 나는 단지 타인의 시간 속에서 도망쳤을 뿐이야. 나는 유령이 아니야. 나는 나만의 우주를 만들었어. 동네를 짓고, 기관을 만들고 사람들을 불러오고 싶었어. 다른 시간 속으로 들어온 거야.

나는 갇혀 있는 게 아니야.

여기는 나만의 작은 동네야. 아니 행성이야. 슈퍼마켓도 있고 노래방도 있고 이웃집도 있겠지. 이웃은 몇 집이나 있을까. 셋, 넷, 다섯쯤, 아니면 오백 가구. 길도 몇 개쯤은 있겠지. 내가 다니던 길은 몇 개나 되지. 달도 몇 개쯤은 있을 거야. 지구를 닮은 행성도 하나쯤 더 있을 거고. 친구는 있는가, 애인은? 부모님은? 친구들은 왜 내 안부를 묻지 않지. 아버지는 내가 죽였어. 어머니도 죽였을 거야. 친구들은 모두 도망가고⋯⋯. 아니야. 그때그때 필요할 때마다 사람이고 사건이고 집이고 건물들을 만들면 돼. 우선 옆집에 사는 여자를 한 사람 만들어야겠다. 암 환자 노파로 할까, 알바를 뛰는 여대생으로 할까, 누군가에게 쫓기는 사람으로 할까. 아니다. 나의 분신들을 만들자. 나를 대신할 수 있는 사람들을 만들어야겠다. 나는 너이기도 하고 그녀가 될 수도 있지만 나 자신이 되고 싶지는 않다. 나는 나 자신과 연락을 끊고 싶다. 나는 나라기보다는 누군가의 클론이다.

나는 나였던 행성에서 탈출하고 싶다.

나는 나를 먹어치우는 독버섯이 되고 싶지는 않다.

그래도 사랑하는 사람이 있었으면 좋겠다. 아니, 누군가가 나를 그리워해 줬으면 싶다. 지따찌따, 오버! 나와라, 여기는 행성 B59. 찌지직 찌지직……

4. 어느 날의 영화

내가 정신과에 입원했을 때 S는 나의 첫 간병인이었다. 그녀는 누군가에게 쫓기는 듯 눈빛이 출렁였다. 그녀의 말은 밑도 끝도 없다. 어쩌지, 개털, 멍미, 씨발, 으흥, 죽어. 직쌀, 수세미 같은 놈 ……. 낙처를 찾지 못하는 말들.

S는 우연을 믿지 않았다. 그녀에게 우연이란 존재하지 않았다. 지구에서의 우연은 우주의 원리 속에서는 필연이라고 그녀는 믿었다. 지구에서의 모든 원리는 우주에서는 통하지 않는다는 걸 그녀는 믿었다. 그녀를 감싸고 있는 것은 우연이었다.

하지만 우연이란 없다. 모든 것은 자신의 시간 속에서 일어날 수밖에 없는 일이다. 그녀가 섹스 비디오를 찍는 것도, 수면제를 몇십 알을 먹었지만 죽지 않은 것도 모두 자신이 짊어져야 할 업보였다.

그날, 그 운명의 날. 남자친구의 살인 장면을 목격한 날, 그녀의 운명은 새로운 길로 들어섰다. 그날은 스물셋, 여름이었고, 퇴근길이었다. 콩트에나 나올 법한 골목에서 그녀가 목격한 살인의 현장. 남자친구의 얼굴은 괴물이었다. 그 남자도 그녀를 보았고, 그녀는 순간 아무 말도 하지 못한 채 석상처럼 멈춰 섰다. 그가 칼을 들고 그녀 쪽으로 걸어왔다. 그녀는 본능적으로 도망쳤다.

그녀는 지금도 자신에게서, 그에게서 도망치고 있다. 몇 번의 자살을 시도하고, 도망 다니다가 가닿은 곳이 영화판이었다. 한 편을 찍으면 삼백만 원을 받았다. 침대에서 옷을 벗고 섹스하는 연기를 했다. 그러나 그 돈은 도망 다니면서 진 빚을 갚기에도 턱없이 부족했다. 하지만 이런 목돈을 손에 쥐기란 쉽지 않았다. 동물원에 갇힌 짐승처럼 그녀는 자신의 몸을 전시하며 옷을 벗고 섹스를 연출했다. 때론 실제로 섹스를 해야 했다. 죽기보다 싫은 일이었지만 이제는 이 일이 아니면 갈 곳도 없어졌다. 일을 할수록 빚은 늘어만 가고, 몸은 점점 더 망가졌다.

그녀는 스스로 실종되었다.

인연이란 더럽다. 나중에, 아주 나중에야 알았지만 그녀가 섹스 비디오를 찍게 된 것도 그녀의 남자친구 때문이라는 걸 우연히 알게 되었다. 그때 순간적으로 생각했다. 그렇다면 그때의 살인은 환영이었나? 그 남자는 지금도 가끔 언뜻언뜻 나타났다가 사라지곤 한다. 그녀는 환영이라고 생각한다. 살인의 현장과 그 남자친구의 얼굴이 자꾸 교차하는 것은 그녀 자신 속에서 그 장면을 떨쳐내지 못해서 일어나는 일이라고 그녀는 생각했다. 그럴수록 섹스 영화는 난잡해졌다.

내가 목격한 것은 무엇이었지? 나에게 남자친구는 원래부터 없었던 거야.

그러던 어느 날 그 남자친구가 그녀의 상대역으로 나타났다. 하지만 그 남자는 그녀를 전혀 알아보지 못한 척했다. 그리고 그날 저녁 그녀는 수면제를 과다 복용했다. 다른 꿈으로 가기 위해 현재에서 휘어지고 싶었다.

그녀가 목격한 것은 무엇이었던가.

스물다섯 살 때 그녀는 나의 간병인이 되었다. 그녀의 눈빛은 내 어깨너머로 흘러갔다. 늘 방황했다. 그녀는 혼자서 툭, 툭 끊어지는 혼잣말들을 뱉었다. 그녀의 입에서 나오는 말들이 그녀보다 먼저 방황했다. 지금, 그래, 어디지, 무무무무, 크릉크릉, 가야 돼. 여자는 가만히 있지 못하는, 우리에 갇힌 동물이었다. S는 얼마 못 가서 나를 떠났고, 나는 그녀가 남긴 두서없는 말 속에서 한참을 방황했다. 내 병실의 일회용 배우가 떠난 뒤 나는 그녀의 불안한 눈빛이 내 온몸을 떠돌아다니는 걸 느꼈다. 그녀는 저만치 황량한 들판의 이름 모를 풀꽃이었다.

나는 그녀의 영혼 속을 헤맨다.

5. 수선화

나는 병실에서 식물을 꿈꾼다. 나는 식물이었던 먼 과거의 꿈을 간직하고 있다. 눈이 낄낄거리는 소리를 내고 귀가 엉금엉금 어딘가를 걸어간다. 귀가 창문 쪽으로 가면 달의 발자국이 윙윙거리고 태양이 굴러가는 소리가 끼르륵 끼르륵 들린다. 이건 냄새가 만들어내는 소리다. 나는 식물이고 싶다. 식충식물이고 싶다.

수많은 냄새의 언어들!

달빛의 향기를 먹고 사는 수선화. 열매를 맺지 못하는 수선화를 만나러 가고 싶다. 안개가 자욱하고 는개가 땅을 뒤덮는 날이면 허공을 걷는 수선화. 물안개로 달을 감싸 안는 수선화는 달의 정령이다. 꽃은 물 위에 떠 있는 달의 정기를 마신다. 어둠 속에서 꽃을 보면 죽은 영혼이 물 위에 떠다닌다.

머릿속 책장을 넘긴다. 셰익스피어 몇 페이지에 수선화가 있을까. 7, 25, 37, 43, 혹은 울프, 예이츠, 소월, 동주……. 수선화만 피는 우주에서 사는 물고기가 우리의 꿈 속으로 헤엄쳐 오는 걸 느낄 때 아침은 바스락, 소리를 낸다.

아침은 수선화를 베낀다.

방바닥에서 한기가 몰려온다. 추위의 냄새가 짙다. 얼음 냄새인가. 나는 개다. 냄새 맡는 걸 좋아한다. 파르르 떠는 얼굴의 냄새, 살인 현장의 냄새, 형사 K의 냄새, 지하실의 냄새, 짜-앙, 얼음 깨지는 냄새, 이것은 불안의 냄새다. 창문에 걸려 있는 낯선 눈의 냄새다. '어쩌면'의 냄새, '그런데요'의 냄새, '그럴 수가'의 냄새, 퀴리 부인을 죽음으로 내몬 어둠의 냄새다. 소설가 울프의 방 냄새다. 내가 화가라면 냄새를 그리리라. 불안이 밴 방의 냄새를 그리겠다. 사람을 직립시킨 것은 두려움이다. 나무에 대한 질투로, 새에 대한 선망으로 직립은 불안을 끌고 왔다. 도망치기, 숨기, 냄새 풍기지 않기, 그리고 입속에서 빼꼼히 눈을 뜬 침 삼키기.

나는 잊히고 싶다. 어느 누구에게도 기억되고 싶지 않다. 나는 허공이나 물, 달빛이나 햇빛에 녹음된 나를 지우리라. 자연은 제 몸에 기억의 칩을 심는다. 나는 도로시처럼 내 삶으로 돌아가려고 안달하지 않으리라. 도로시는 기억을 더듬어 자신의 고향으로 돌아가려고 했지만 나는 나 자신을 버리고 싶다. 나는 잊힐 권리가 있다. 나만의 동굴을 찾을 권리가 있다.

말들이 입 주변에서 서성인다. 사람의 글을 배운 원숭이마냥 말들이 내 주변을 서성인다. 빌어먹을! 바퀴벌레들아, 내 주변을 서성이는 말들을 주워 먹어라. 그래서 그 말들이 어떤 의미도 갖지 못하게 하라. 내 방에서 무무한 장난을 쳐라. 나는 절름발이고, 귀머거리며, 맹인이고 싶다. '은근'이 '늘지근'이 되고, '미안해'가 도도가 된다. 얼굴 없는 말들은 아름답다. 얼굴을 알아볼 수 없는 말들은 너저분하다. '바스락'이 지금 막, 날개를 펴려고 한다. 〈짙은〉은 듀엣이었던가 어느 시인의 시였던가. 서랍에 낀 '사락사락'이 날아오르고 싶어 한다. 창문이 찌르레기 색깔로 운다. 오늘은 반드시 내 행성의 주민들을 만나야겠다. 나를 닮은, 나를 꿈꾸는, 혹은 나를 향한 사람들, 거리와 가게들……. 내 기억 밖의 사람들.

인생은 거짓말이다. 내가 거짓말이듯, 내 일기가 거짓말이듯, 내 이름이 거짓말이듯이 모든 인생은 한 백 년의 거짓말,

이억 오천만 년의 오류다. 나는 나만의 행성에 갇혀 있다. 이, 오, 우, 악! 묶음으로 된 이름들.

로빈슨 크루소를 꿈꾼 적이 있다. 프라이데이가 있는 외딴 섬을 꿈꾼 적이 있다. 한 마리의 개가 끄는 대로 살아가는 또 하나의 로빈슨 크루소가 되고 싶은 적이 있다. 내가 이렇게 스스로 유폐된 것도 어쩌면 로빈슨 크루소를 꿈꾸었기 때문이다. 왜 나에게 잊힐 권리를 주지 않는가. 나는 기록되고 싶지 않다. 언어는 인간이 만든 가장 위선적인 도구다.

나는 나의 길을 지우고 나의 디엔에이를 지우고 목소리를 지운다. 파도에 휩쓸려가는 뗏목처럼 나 자신을 바람에 맡기면 나는 천애 고도의 주인이 된다. 그런 삶이 곧 우주의 주인이 되는 삶이다. 나의 리듬에서 살짝만 벗어나도 다른 삶이 있다. 나를 버리면 새로운 우주를 개척할 수 있다. 또 다른 시간이 나에게 다가온다. 나는 내 방에 유폐되어 있지만, 내 방은 우주의 중심이며, 모든 시간의 핵이다. 이곳에서는 시간이 접혔다가 펴지고 오므라졌다 사라진다. 시간은 불규칙적으로 걷는다.

무無!

나의 위대한 어머니!

수선화의 밤이 온다.

6. 꿈 엑스레이

나는 꿈속으로만 다닌다. 꿈은 여러 개다. 꿈은 우울한 자의 유일한 통로다. 꿈속에서 또 다른 꿈을 꾸기도 하고 다른 사람의 꿈과 만나기도 한다. 꿈은 꿈을 낳고 꿈으로 이어지며 그 지평을 넓힌다. 한 번도 본 적이 없는 사람을 꿈으로 먼저 만난다. 혹은 개나 뱀의 꿈속으로 들어간다. 꿈은 한없이 넓다. 우주보다 넓다. 꿈은 풍선처럼 부푼다. 꿈은 어떤 중력도 이겨낸다. 식물은 꿈으로 공간을 극복한다.

어느 날 나는 암 환자의 꿈으로 들어갔다. 암 환자는 지렁이 꿈을 꾼다. 몇 마리 지렁이들이 얽히고 얽혀 꿈이 뒤죽박죽이다. 그 환자의 꿈에 접속되면 잠이 뭉그러지고 부스러진다. 그 꿈들은 이상한 소리를 낸다. 한 번도 들어본 적이 없는 소리다. 두꺼비 울음 같기도 하고, 갈매기가 꾸르륵거리는 소리 같기도 하고, 사막 도마뱀의 울음소리 같기도 하다. 꾸오르, 뚜꼬, 고고구구 휘익. 몸서리치는 소리를 내는 꿈들이다. 가끔 암 환자의 꿈은 짓밟혀 발버둥 치는 벌레의 떨림 그 자체다. 전기톱 돌아가는 소리 같기도 하고 창자가 꾸르 럭거리는 소리 같기도 하다. 꿈이 산소마스크를 쓰고 있다. 그 꿈을 만나면 나는 기진맥진해서 녹아내린다. 꿈은 밤 속에 이빨 자국을 내고, 뒤틀린 몽상이 아침까지 이어져 온몸이 꿉꿉하다. 카프카는 「변신」을 쓰기 전에 이러한 꿈을 꾸었으리라.

그 꿈들에서 도망치다가 겨우 살아남은 꿈은 새벽이 다 됐는데도 천장 여기저기를 얼룩덜룩 물들이며 가느다란 음향을 남긴다. 순수한 꿈은 청아한 새소리를 낸다. 행복한 느낌을 가져다주는 꿈은 한없이 펼쳐져 있는 원시의 숲 냄새가 난다. 비행선이 우주를 유영하듯이, 중력을 이겨내며 무게도 없이 떠다니는 비행 꿈은 종달새처럼 공중으로 한없이 떠오른다. 그때 잠은 긴 시간을 건넌다. 우주 이전의 시간 속으로 떠내려간다. 그리고 낯선 꿈으로 들어간다.

한 소녀의 꿈으로 들어간 적이 있다. 열여섯 소녀의 꿈은 너무 향기로워서 그냥 기분이 좋다. 그 꿈속에서는 어떤 판타지도 느껴지지 않는다. 그냥 웃음소리로 된 꿈이다. 그 꿈은 꽃나무들이 비에 젖어 키득거리는 웃음, 혹은 아침을 불러오는 새의 지저귐, 인적이 드문 오솔길에서 봄 쪽으로 흐르는 물소리로 되어 있다. 그런 꿈은 향기롭다. 꿈에서 향기가 난다. 꿈과 꿈이 뒹구는 잠은 보송보송, 고슬고슬하다. 꿈을 꾼 다음 날 아침에는 풀잎이 바람에 눕는 듯 5W의 목소리가 찰방찰방하다. 손에는 아직도 향기가 묻어 있고, 잠옷에서는 누군가 지나간 발자국 소리가 들린다.

그 소녀의 꿈은 늙은 암 환자의 어린 시절이다. 늙은 암 환자는 독한 약 기운 속에다가 소녀 시절을 펼쳐놓았다. 기억도 희미한 열여섯 소녀적 꿈들을 불러냈다. 몰아쉰 숨 속에는 소녀였을 때 꾼 꿈이 언뜻언뜻 나타난다. 꿈은 점점 나이를 거꾸로 먹어간다. 암 환자의 마지막 꿈은 향기롭다. 그것은 식물의 꿈이다.

어디에선가 기침 소리가 들린다. 나의 몽상을 깨우는 기억에서 나는 소리다. 언젠가 내 옆집에 산 적이 있는 할머니는 암으로 죽었다. 하지만 그 할머니가 남기고 간 꿈들은 아직 그 방을 떠나지 못하고 있다. 그 꿈들이 벽을 타고 창문을 타고 내 꿈으로 들어올 때가 있다. 난 소녀였던 적이 있는 할머니의 젖가슴에서 나는 향기를 맡으며 할머니를 깨운다. 나는 시간을 믿지 않는다. 시간은 우리를 한때에 유폐시킨다.

나는 시간이 아니다. 시간의 흔적도 아니다. 죽은 할머니는 꿈으로 나에게 다가오고, 나는 할머니 속 소녀를 만난다. 가끔은 시들어가는 꽃송이를 만나기도 하지만.

어디에선가, 어느 시간에선가 문이 삐그덕, 열린다. 어제의 꿈들이, 죽은 사람들이 남기고 간 꿈들이 나의 밤을, 실종될 나를 기다리고 있다. 노 젓는 소리가 들린다. 누군가의 꿈이 내 잠 속에 정박하려 한다. 출렁, 출렁, 밤의 바다에서 꿈들이 배를 띄운다. 바퀴벌레야, 나는 오늘도 너처럼 우주를 떠다녀야겠다. 지지직거리며 우주에 발자국을 찍으리라. 가그작 가그작 지지지직, 내 꿈의 주파수는 무리수다.

소녀는 말한다.

나도 사랑을 배울 수 있을까요?

네 안에 사랑이 있다면…….

사랑은 몇 그램인가요?

너의 심장의 무게만큼.

내 젖가슴이요?

네 젖가슴이 느끼는 두근거림.

나는 두근거림이다. 낯선 시간 속을 떠도는 맥박이다.

7. 딸기

내 귀에는 고양이 한 마리가 살고 있다. 고양이 한 마리,
두 마리, 세 마리, 아니 열 마리 스무 마리로 늘어난다. 싸움
하는 고양이, 길을 묻는 고양이, 시체를 뜯는 고양이, 낚시
질하는 고양이, 등산하는 고양이, 고양이, 고양이, 고양이
들……. 고양이들은 전혀 알 수 없는 말들을 뱉어놓고 가버
린다. 딸기, 딸기하다가 딸기 맛 달을 훔쳐 먹다가, 딸기 생
크림으로 혀를 내밀더니 딸기를 흔들어대더니 딸기 러시안
고양이가 딸기 엉덩이로 방댕이하다가 페르시안 고양이 딸
기 입술에 딸기 혀를 집어넣는다. 개새끼, 우리 딸기 해! 아
앙, 딸기 해줘!

가슴을 엉덩이에 달고 다녀봐. 손가락을 끊어 담배를 피우
지. 도기 도기 스눕 도기 독, 펑 펑 펑, 카운트다운 슘 슘 슘,
접시를 깨버려. 우리는 모두 변종이야. 조지 클린턴처럼 무
대를 휩쓸어봐. "마음을 내려놓으면 엉덩이를 얻지." 아토
믹 독

딸기 귀를 핥는 고양이가 있다. 지독한 감기로 어지럼증에 걸린 고양이는 헛소리를 지껄인다. 야아아아아옹이옹이옹이

설마 실어증에 걸린 건 아니겠지.

8. 보들레르의 고양이

여기는 병실이다. 어차피 세상은 온통 병실이 아니던가.

오늘은 빛의 소리를 듣고 싶다. 커튼을 젖히고 맑은 허공의 목소리와 나뭇잎들의 소란, 그리고 구름의 이야기를 듣고 싶다. 별자리들은 수많은 이야기이며 우주의 행로는 시간의 궤도를 허문다. 찌르레기들이 제 나름의 원주율을 계산하느라 바쁘다. 목소리 하나가 허공의 원주율을 잘못 계산하는 바람에 창밖에서는 우주의 크기 논쟁이 뜨겁다.

방이 찌그러진다. 행간을 잘못 밟은 나뭇잎들이 창으로 밀려든다. 아델의 〈헬로〉를 듣고 있는 것 같다. 챈스 더 래퍼의 〈쥬스〉인가. 시금털털하고 메스껍고 간살거리며 일렁이는 목소리들의 합창. '으쓱'은 '흠칫'이 되고 '히죽'은 히스테리를 일으키며 히히익 더욱 얇아진다.

나의 기억 속으로 모자 하나가 날아든다. 오타투성이의

페이지들이 둥둥 떠다닌다. 버둥거리고, 헛헛거리고, 눅눅하다. 눈이 부스럭거린다. 숨이 미지의 세계를 더듬는다. 공기는 너덜너덜하고, 머릿속에서는 악취가 난다. 창으로 새어 들어온 빛 몇 가닥이 뱀처럼 꿈틀거린다. 빛의 실타래들. 모호한 언어를 청각이 견딘다. 눈은 못처럼 시간을 견디고.

　발이 자꾸 밖을 염탐하고 싶어 한다. 발은 이십오만 년 전을 기억한다. 네 발로 다닐 때의 기억에서 아직 벗어나지 못하고 있다. 발은 땅을 밟고 나무를 타고, 물속을 헤엄치던 그때를 그리워한다. 진화를 거부해온 발은 발버둥으로 되돌아가고 싶어 한다. 발은 버둥거림으로 자신의 본 모습을 보여주려고 한다. 발은 가만히 있질 못한다. 발은 일단 일을 저지르고 본다. 손가락이 책을 읽을 수 있다면 발은 발버둥으로 세상을 감지한다. 쓸데없는 지식을 뭉개버린다. 눈이 낄낄거릴 줄 알고 코는 드르렁거릴 줄 알고, 귀가 쫑긋할 줄 알며, 입술이 혀를 내밀 줄 알지만 발은 바닥만을 기억한다. 원시적이다. 발은 늘 바닥을 확인하고 싶어 한다. 밖을 떠돌고 싶어 한다. 손가락이 의심이 많다면 발가락은 아이처럼 꼼지락거리며 애교를 떤다. 세상의 바닥이 궁금하여 안달한다.

빛 속으로 걸어가야겠다. 빛들이 수런거리는 소리를 들어야겠다. 손가락이 많은 빛, 눈이 많은 빛, 보살행을 하는 빛은 색을 밝힌다. 빨강과 파랑의 목소리, 노랑의 아이 같은 목청, 분홍의 교성이나, 초록의 흐드러짐을 드러내고 싶어 한다. 빛은 마치 찢어진 종이쪽처럼 색깔들 위에서 두런두런 속살거릴 줄 안다. 빛은 눈의 부모다. 눈은 빛의 세례를 받으며 리듬을 탄다. 빛은 두려움을 모른다. 그래, 자두의 〈거북이 날다〉처럼 바람을 가르고 거친 세상 위를 날아보는 거야.

몸을 일으키자 방 안의 공기가 파르르 떤다. 공기는 날개가 많아 자유롭게 날 줄 안다. 공기는 '아야!' 아픈 소리도 내지 않고, 눈을 휘둥그레 뜨지도 않고 수많은 팔로 나를 감싼다. 방이 기우뚱하더니 천장이 움찔한다. 벽들이 삐거덕거린다. 지구가 희미하게 출렁이고, 우주의 한쪽이 깊이 파인다. 머릿속이 삐거덕거린다. 나의 의식은 에너지다. 일어나고 싶다는 생각만으로도 우주는 찰방거린다. '밍밍하다'라는 말로 된 생각의 에너지와 '그뿐이야!'라는 말로 된 에너지는 다르다. 에너지의 낙차가 다르기 때문이다. 생각은 말로 되어 있다. 그 말은 에너지의 파동을 갖고 있다. 만일 생각을 말로 표현했는데, 그 말이 행동으로 옮겨질 경우 우주는 변한다. 생각은 에너지다. 생각만으로도 우주는 변형되고, 생각만으로도 우주를 날 수 있다.

오늘 빛은 다른 날과 다르다. 노인처럼 지팡이를 짚고 들어온다. 마치 나를 지팡이로 칠 듯이 화가 나 있다. 나의 생각이 빛의 에너지에 영향을 미쳤다. 화가 나 있는 빛을 달래야겠다.

빛을 따라 들려오는 저 소리, 가느다란 울음소리! 분명 고양이다. 야옹! 야옹! 저 고양이는 내 정신이 만들어내지 않았다. 내 생각의 밖에서 침입해온 고양이다. 어떤 고양이일까? 나에게 관심을 보이고 싶은 걸까, 아니면 나를 경계하는 걸까? 고양이는 수염으로 말하고 눈동자로 표현하며, 목소리로 위협한다. 발로도 말한다. 고양이는 지금 나에게 무슨 말을 하고 싶은 걸까? 나를 보고 있기나 한 걸까? 야옹! 정말 저 고양이는 내 생각 밖에서 우는 걸까?

보들레르의 「고양이」가 떠오른다.

멋지고 강하고 다정하고 애교 있는

고양이 한 마리가 내 머릿속을
자기 방인 양 돌아다닌다.
야옹 하고 울어도 잘 들리지 않는다.

음색은 부드럽고 은은하지만,
누그러졌을 때든 으르렁거릴 때든
울음소리는 울림이 풍부하고 그윽하다.
이것은 그의 매력이요 비밀이다.

정말 내 머릿속 고양이는 아니다. 고양이는 자신의 영역
안으로 들어온 나를 경계하는 것일 거다. 고양이에게 어떻게
말해야 하지. 창문을 열어줄까, 생선이라도 줄까, 말을 걸어
볼까. 꼬리를 들어 올리고 있을까, 수염은 어느 방향으로 뻗
치고 있지.
　야옹!
　머릿속으로 고양이를 불러본다. 순간 창문이 움푹 파인
다. 고양이의 몸짓이다. 고양이도 야옹! 하고 말을 건다. 고
양이는 사람과 대등한 관계를 맺고 싶어 하는 동물이다. '나
는 당신의 애완용이 아니야.' 고양이는 애교를 떨지만 구차
하지는 않다. 자존심이 센 녀석이다. 내가 저에게 해주는 만

큼 나에게 해주겠지. 고양이는 시간을 넘나들 줄 안다. 2억 5천만 년 전에서 온 나그네다.

울어라, 냥냥아!

고양이는 울지 않는다. 버려진 걸까, 야생일까. 나만큼 어둠을 즐길까. 저 고양이를 입양하고 싶다. 나의 친구로, 나의 동반자로.

어디로 간 거지?

야옹!

다음에 다시 오면 이름을 붙여줘야겠다.

고양이는 빛의 무게를 느끼는 동물이다. 빛의 양을 따라 움직이는 동물이다. 고양이만큼 자유를 즐기는 동물은 없다. '단독자'라는 말이 떠오른다. 고양이는 독립된 생활을 꿈꾸고 누구의 간섭도 받고 싶어 하지 않는 진정한 야생의 상징이다.

야옹!

야옹!

내 머릿속에서 우는가. 나를 받아들인 걸까. 나는 이미 너를 받아들였다. 내 생각 밖에서 너는 최초로 나에게 왔다. 냥냥아, 나의 의식 속으로 들어와.

보들레르는 고양이 울음을 완전한 악기라고 했다.

내 마음 깊은 곳, 가장 어두운 곳에
방울져 스미는 그 울음소리는
시의 운율처럼 나를 채우고
묘약처럼 나를 들뜨게 한다.

내 귀는 열려 있고, 내 코도 열려 있다. 하지만 아무도 나
에게 말을 붙이지 않는다. 나는 하나의 사물이다. 하지만 고
양이는 나에게 말을 걸어온다. 내 속으로 들어와요. 내 눈
속에 집을 지어요. 거리도 만들고, 카페도 짓고…….

9. 도플갱어

내 안에는 너무 많은 사람이 있다. 나를 닮은 듯, 내 안에서 어느 날 갑자기 생긴 듯, 나에게 말을 거는 사람들. 나의 도플갱어들.

그는 자아라고 하는 색깔도 없었고 돌아가 쉴 만한 변변한 공간도 없었다. 부모님은 늘 바빴고, 형제들은 그를 투명인간 취급했다. 그렇다고 스필버그처럼 자신만의 놀이를 갖고 있었던 것도 아니다. 그만큼 그는 늘 불안했다. 그는 어디에도 어느 때에도 소속되지 않았다. 그냥 뜬구름처럼 바람에 밀려다니는 검은 비닐봉지같이 흘러 다녔다.

그는 한 도시에 정착했다.

그는 날마다 감시당하고 있다고 생각했다. 그는 누구로부터 감시당하고 있는지에 대해서 한 마디도 말한 적이 없었다. 그의 눈동자는 안절부절못하고 떠돌았다. 누구와도 눈을 마주치지도 않았고, 사람들이 다니는 곳으로는 다니지도 않았다. 그는 도청당하고 있다고 생각해서 전화기도 없었고, 자신의 주소도 갖고 있지 않았다. 단지 자신만을 믿었다. 그는 책도 읽지 않았다. 책을 읽으면 책 속에서 자신을 잃어버릴까 봐 두려워했기 때문이다. 그는 개 한 마리를 키웠다. 그는 개를 시도 때도 없이 때렸다. 짖지 않는다고 때리고, 짖는다고 때리고 꼬리를 내린다고 때렸다. 하지만 개는 유일한 그의 이웃이고 친구이며 가족이었다. 그는 소리를 감시하고 빛을 가두며 꿈속에서 만난 사람들을 추방했다. 그는 자신의 귀나 눈조차도 믿지 않았다. 귀나 눈이 자신에게 나쁜 짓을 한다고 믿었다. 그래서 그는 손이 말하는 소리를 들으며, 귀나 눈을 손으로 막거나 가려버렸다. 그는 귀가 자신을 조종하고 눈이 감시한다고 생각했다. 그래서 늘 화가 나 있었다. 혼잣말은 욕이었다. 그의 욕설은 너무나 창의적이어서 한 번도 들어보지 못한 말이었다. 그는 현관 손잡이를 노려보고, 열쇠를 의심하며 담쟁이 넝쿨에게 화를 냈다.

그가 유일하게 하는 일은 인형 뽑기였다. 어두워지면 그는 개를 데리고 동네 이곳저곳을 떠돌다가 인적이 뜸한 곳에 있는 뽑기 가게에 가서 인형들을 뽑았다. 그가 뽑는 인형은 오직 곰 인형이었다. 그는 곰을 사랑했다. 왜 그가 곰을 사랑하는지는 알지 못한다. 아무에게도 자신에 대해서 말한 적이 없기 때문이다. 그가 곰 인형을 안고 가는 것을 보면서 사람들은 그가 사랑이 넘칠 거라고 생각했다. 하지만 아무도 그에 대해서 궁금해하지 않았다. 곰 인형을 꼭 안은 채 개를 데리고 다니는 사내. 그는 누구와도 말을 섞지 않았다. 그는 집에 가면 문단속부터 했다. 창문이 제대로 잠겨 있는지, 자물통은 원래의 방향으로 있는지, 인형들의 표정이 아까와 같은지를 확인했다. 그런 다음 자신이 데려온 곰을 침대로 데려가 끌어안고 잤다. 그리고 곰 꿈을 꾸었다. 꿈속에서 그는 곰들의 나라, 눈[雪]의 나라로 갔다.

그가 입 밖으로 내뱉는 유일한 말은 '믿을 수 없어!'였다. 그가 무얼 믿을 수 없는지는 아무도 몰랐다. 그는 그냥 '믿을 수 없어!'라고 뱉을 뿐이었다. 그는 어제도 오늘도 믿을 수 없었다. 타인은 말할 것도 없고, 심지어 그 자신까지도.

우연이었다. 아이들이 학교에서 돌아오고 있었다. 누군가가 그를 노려보고 있는 듯한 느낌에 뒤를 돌아본 그는 무서움에 떨었다. 낯선 소녀가 그를 노려보고 있었다. 섬뜩했다. 저건 여우야! 분명 나를 감시하고 있는 여우야.

그는 그 길로 방으로 돌아와 한참을 이불 속에서 나오지 않다가 밖이 잠잠해진 것을 느끼고는 일어나 그동안 자신이 안고 잤던 곰들을 갈기갈기 찢어버렸다. 곰은 벽이 됐다가 전구가 됐다가 창문이 됐다가 유령이 됐다.

　이것들은 모두 간첩이야. 곰탱이들은 나를 감시하기 위해 나에게 당첨된 것처럼 한 거야. 이건 괴물이야. 말뚝 같은 놈들. 창자가 없는 것들. 죽일, 죽일, 죽길……．

　그는 모두가 잠든 틈을 타 그 도시를 떠났다. 그가 떠나는 걸 본 사람은 아무도 없었다. 그는 왜 소녀를 무서워했을까. 정말 그의 눈에 소녀가 보였을까.

　그는 누구이며 어디에서 와서 어디로 간 것일까. 혹시 그는 외계인이 아닐까. 아니면 먼 시간 속에서 온 사람은 아닐까. 우리 주변에 가끔 나타났다가 사라져버리는 그런 사람. 한 소녀의 무서운 꿈은 아닐까. 그 소녀가 지독한 감기에 걸려 꾼 꿈속을 떠돌아다닐 때 만난 사람은 아닐까.

　나는 곰이 아니야.

　그는 도대체 누구인가?

10. 해부학 강의

병실에 갇힌 지 얼마나 됐을까. 숨이 느렸다가 빨랐다가 갈피를 잡지 못하고 있다. 코 밑으로 공기가 느리고 길게 이어지다가 딱, 멈춘다. 여기는 무중력의 공간이다. 어둠이 지배하는 우주의 작은 행성이다. 알 수 없는 냄새가 나를 위협하고 있다. 누군가 나를 감시하고 있다. 저 냄새. 어딘가에서 맡았던 냄새다. 감시원의 냄새다. 도망가야 한다.

분명 나의 과거는 시체실로 갔다. 하얀 시트에 덮인 시간이 뚝, 뚝, 어깨 위로 떨어지는 걸 느끼지 않았던가. 과거는 최후를 시체실에서 보낸다. 그런데 이건 무엇인가. 나의 현재가 무거운 과거 때문에 끙끙거리고 있지 않는가. 과거는 죽음의 냄새를 풍긴다. 모든 과거형 이야기는 버려야 한다. 이 이야기도 모두 버려야 한다. 과거에서는 너무 지독한 냄새가 난다. 과거를 꺼내 이야기하는 사람들처럼 과거를 재편집하려고 해서는 안 된다.

소독내가 코로 스민다. 이것은 포르말린의 목소리다. 썩지 않게 하는, 모든 시간을 멈추게 하는, 말을 코에다 집어넣는, 영역 표시를 강하게 하는 물질의 언어다. 나는 분명 도망쳤다고 생각했는데 그렇지 못했단 말인가. 이 냄새는 분명, 내 머릿속에서 피어오른 걸 거야. 고등학교 2학년 때 대학병원 시체실에서 맡았던 그 소독약 냄새가 내 머릿속으로 침입한 걸 거야. 스물 댓도 안 된 청년의 시체에서 나던 지독한 포르말린 냄새가 아직도 머릿속에 남은 거야. 이 화학약품 냄새, 오줌 냄새, 시큼한 반찬 냄새, 몸 냄새, 가스내⋯⋯. 도통 알 수 없는 냄새들. 이건 기억의 냄새다. 서른도 안 돼 죽은 시체가 자신이 죽은 걸 잊어버리고 오줌을 싸고 있는 거야. 시체는 자신의 냄새로 살아남고 싶은 거야.

아직 깨어나지 못한 거야?
아직요.
감각이나 신경은 굉장히 활성화되어 있는데⋯⋯.
의식은 분명한 것 같아요.

이건 먼 나라의 목소리다. 망상이다. 망상이 나를 괴롭히지만 그것은 억울한 과거가 공기 중에 찍어놓은 녹음테이

프다.

여긴 외딴 행성이다. 절대로 병실이 아니다. 화학약품 같은 목소리들이 거미줄처럼 쳐져 있는 곳에서 분명 나는 도망쳤다. 나는 아무도 찾을 수 없도록 꼭꼭 숨었다. 여기는 시간의 블랙홀이다.

그래, 나는 도망자다! 가족으로부터, 친구들로부터, 과거로부터 도망쳤다. 나는 나만의 행성에 있다. 나만의 도시, 나를 위한 도시.

내가 사랑했던 사람들은 다 어디 갔지?

나는 렘브란트의 〈해부학 강의〉 그림 속으로 잠시 도피해 있다. 집도의가 환자를 눕혀놓고 장기를 설명하고 메스를 어떻게 갖다 댈 것인가를 지금 막 얘기하려고 하는 순간이다. 좋은 그림은 당시의 시간과 공간의 냄새를 그대로 간직하고 있다. 그림은 생의 순간을 멈추게 한다. 삶과 죽음의 경계에 있으면 모든 시간과 공간은 딱, 하고 멈춘다. 죽음이란 없다. 죽음이란 단지 우리가 모르는 시공간으로 이동하는 현상이다. 다른 시공간으로 이동해버렸기 때문에 그 사람이 보이지 않을 뿐이다. 죽음은 하나의 경계를 말하는 기호다. 살아 있는 사람이 끊임없이 시공간을 여행하는 동안 죽음을 맛본 사람은 자신의 고정된 위치에 그대로 남아 있다. 시공간을 바꾸면 그 사람은 그대로 거기 있다. 그 사람은 자신의 체취이며 그림자다. 우리가 시간을 조금만 구부리면 그 사람은 거기에서 활짝 웃는다. 내가 병실의 냄새에서 도망가지 못하고 있듯이.

어떤 소설에서 읽은 것 같다.

렘브란트는 "내 그림은 내 발이 한 번도 걸어보지 못한 외국 땅으로 가는 창문이며, 얼굴을 갖지 않은 내 이름의 선포자이다. 더 나은 인생은 상상력으로부터 나온다."고 했다. 상상력이란 꿈의 기호다. 상상력으로 가지 못할 곳이 없다. 상상과 실재의 차이는 무엇인가. 상상이 더 현실적이다.

우리는 항상 그때를 다르게 걷는다.

나는 말을 잃어버리지 않기 위해 애를 쓴다. 나는 과거의 언어를 통해 새로운 언어를 창조해야 하므로. 나만의 거리를 만들고 나만의 주민을 만들기 위해 애를 써야겠다. 말을 새로 만들어야 한다. 옛말 속에서 헤어 나오지 못하면 결코 거기에서 도망칠 수 없다. 매듭이 많은 말들을 피해 다녀야 한다. 나는 세상으로부터 휴가 중이다. 언어도 잊어버리고 사람도 풍경도 잊어버렸다. 나는 결코 휴가를 끝내지 않겠다. 세상은 언어로 만들어졌다. 내가 내 거리를 만들려면 새로운 언어를 창조해야 한다. 추억은 추억으로 두어야 한다. 그런데 어떻게? 옛 언어로 새 거리를 만들고 새로운 사람을 만들 수 있을까? 빅셀이나 루이스 캐럴처럼 새로운 말을 만들 수 있어야 한다.

햄버거 언덕으로 엘리베이터를 타고 오르면 거기 구름의 식탁에는 오리발과 경첩이 커피를 홀짝홀짝, 드러차게 읊는다. 파리들의 연주는 깊어지고 침묵은 으르딱딱 무거워진다. 와이어스의 〈크리스티나의 세계〉 속을 헤엄치는 목소리가 노을 속으로 붉어지고, 리본을 단 태양이 훌쩍, 몇 방울의 꽃잎을 떨어뜨린다.

오늘은 후안 룰포처럼 죽은 자를 찾아가야겠다. 그자에게 따져야겠다. 당신의 시간, 당신의 우주는 어디에 있는가. 그자는 눈을 찢겠지. 찢어진 눈으로 나를 노려보겠지. 눈이 풀어지도록 그자에게 해피벌룬이나 하시시를 줘야지. 침을 흘리며 킥킥거리겠지. 죽은 자는 말이 많다. 그자들은 자신의 사연을 말하고 싶어서 안달이다. 역겹다. 죽음은 절대 끝이 아니다. 우주로 가는 통로이다.

박상륭처럼 죽음을 희롱할 줄 알아야 한다. 그것은 언어의 탐구로부터 시작된다. 나의 지니는 죽었다. 또 하나의 언어를 위해서였던가. 하지만 지니는 나의 언어 속에서 다시 살아나리라. 나의 유일한 여자. 나는 지니를 만나기 위해 죽음을 탐색하지 않으면 안 된다. 나는 죽음의 작가가 되어야 한다. 죽음 속에서 지니를 꺼내야 한다. 나의 과거형 인간, 지니! 지니는 죽음의 색깔이다.

그런데 지니가 누구지? 내 머릿속이 만들어낸 여자인가? 모르겠다. 그냥 떠올랐다. 지니는 내가 사랑하고 싶은 여자다. 알라딘에서 끌고 왔다. 어떤 영화에서 가져왔다. 거리에서 언뜻 스친 이름이다. 나에게 모든 여자는 지니다. 지니는 또 다른 나다. 나의 클론, 지니.

나도 말을 하고 싶다.

11. 보리수

정연은 스물셋이다. 그녀의 곁에는 너무 많은 사람이 있고, 그녀는 늘 많은 사람들에게 둘러싸여 있다. 그녀는 시끄럽다. 그녀는 해야 할 일이 많아 늘 바쁘다. 그녀의 전화는 언제나 통화 중이고, 그녀의 목소리는 어디에서나 들린다. 그녀의 직업은 소설가다. 그녀는 밤낮없이 소설을 읽거나 쓰고, 고치고, 완성된 원고는 날마다 어딘가로 보낸다. 길을 가다 그녀를 만나면 그날 어떤 소설을 썼는지 알 수 있다. 때로는 그녀의 표정만 봐도 그날 어떤 소설을 썼는지 알 수 있다. 그녀는 주로 판타지를 쓰지만, 전통적인 리얼리즘 소설을 쓰기도 한다. 그녀의 얼굴이나 머리카락, 옷에는 그녀의 소설 한 대목이 치렁치렁하다. 그녀가 팔이나 다리를 움직이는 것을 보면 그날의 소설 주인공을 알 수 있다. 그녀의 눈동자에는 주인공의 운명이 있고, 그녀의 입술에는 줄거리가 걸려 있다. 그녀의 옷자락에 매달려 있는 인물들이 그녀를 향해 아우성이다.

그녀의 말 몇 마디를 들어보면 그날 어떤 소설을 읽었는지 알 수 있다.

어머, 델러웨이 부인 같아요. 오늘은 어떤 친구를 보고 왔
나요.

엊저녁에는 포의 고양이가 밤새 나를 노려보았어요. 나는
그 고양이를 절대 죽이지 않을 거예요.

별을 헤다가 어린왕자의 소행성을 만나면 보아구렁이가
있어요.

이런 것도 있다.

모차르트의 행성으로 가고 있다, 오버! 지금 막, 교신을
끝냈다. 우주의 떠돌이들을 따돌리기만 하면 그쪽으로 가는
방향을 잡을 수 있을 것 같다. 레이저 총이 말을 잘 듣지 않
는다. 동력 하나는 꺼졌다. 속임수를 써서 따돌릴 생각이다.
내 말 듣고 있는가. 스나이퍼 하나를 보내주기 바란다. 행성
X에서 이상한 물체가 긴 팔을 뻗고 있다. 우주 식물인 것 같
다. 우주 수선공이 있으면 보내주라, 오버!

그녀는 소설 속 주인공이 되기도 한다.

한 남자가 저 모퉁이에서 나를 쫓아다녀요. 저 모퉁이를 돌아가면 동그랗게 숨어 있어요. 밤새 내 창문을 두드렸단 말이에요.

내 애를 잃어버렸어요. 그놈이 내 아이를 빼앗아갔어요.

가족은 불행의 끄나풀이죠.

아, 오늘 시상식장에 가야 해요. 제가 대상을 받거든요, 라는 말을 한다고 해서 그녀를 소설가라고 하는 것은 아니다. 또한 그녀가 날마다 새로운 소설을 쓰고 있기 때문에 소설가인 것도 아니다. 그보다는 그녀는 소설 속에 살기 때문에 소설가다. 그녀는 날마다 새로운 소설을 쓴다. 하지만 그녀는 자신의 소설 속 주인공이 되는 걸 더 좋아한다. 그녀는 자신의 환상 속으로 들어가 그 속에서 산다. 그녀는 자신의 삶을 날마다 조작하고, 뜯어고친다. 그녀는 분신을 많이 만들어 그들을 거리나 술집에 전시하고 방 여기저기에 걸어놓고 그들에게 말을 붙이고 장난을 치고 함께 밥을 먹고 얘기를 나눈다.

바람결에 들리는 소문에 의하면 그녀는 애인을 교통사고로 잃고 혼자 살아남아 머리가 돌았다고도 하고, 어떤 남자에게 배신을 당해서 낯선 이곳까지 밀려왔다고도 한다. 하지만 이는 모두 뜬소문이다. 그녀는 항상 잘 차려입고 화장을 짙게 하고 다닌다. 그녀는 정말 슬픈 소설의 주인공이다. 그 것은 그녀가 가끔 이상한 남자에게 이끌려 취해 돌아오기 때 문이 아니라 그 어떤 남자도 그녀를 사랑하려고 하지 않기 때문이다. 그런 날 밤이면 혼자서 밤새 교성을 질러댄다. 옆 방에서 잠을 잘 수 없을 정도로 교성을 질러댄다. 그녀는 소 설 속 주인공들과 알콩달콩 잘 지낸다.

그녀는 밤마다 새로운 소설을 써서 그 소설 속으로 자신 이 걸어 들어간다. 그리고 다른 사람을 만나면 그 인생을 객 관화한다. 보통 소설가는 문자로 이야기를 쓰지만 그녀는 구술로 소설을 쓴다. 그녀는 결코 머리가 돌아버린 사람이 아니다. 단지 다른 인생을 살고 싶어 할 뿐이다. 그녀는 몸 이 볼품없이 빼빼 말라 붙면 날아가 버릴 것만 같다. 그래서 가끔 할머니들은 그녀가 복숭아꽃이 만발한 봄날 산화해버 렸으면 좋겠다고 눈물을 흘리기도 한다. 그녀의 소설 91쪽 에는 슈베르트의 〈보리수〉가 서 있다. 그녀는 자신의 소설 속 그 보리수 아래에서 아직도 누군가를 기다리고 있다.

그녀의 침대 협탁에서 툭, 침묵이 방울진다.

그녀는 누구를 기다리고 있을까. 그녀가 실재하는지는 중 요하지 않다. 그녀의 머릿속으로 수많은 사람들이 들어온다. 그녀는 자신의 머릿속에 너무 많은 사람들을 넣고 산다.

정연은 어느 날의 내 이름이다.

12. 바퀴벌레의 언어

내 병실, 아니 방은 난개발로 몸살을 앓는다. 항상 노이즈가 넘친다. 싱크대가 윙윙 울고, 칼들이 덜거덕거리고, 하루의 각주와 부록들이 치렁치렁하다. 창문은 밖의 풍경을 번역하고, 방의 사연을 밖으로 통역한다. 칭얼대고 쌔근거리고 뒤숭숭, 어수선, 삐긋, 구불텅거리는 방은 금세라도 이륙할 것처럼 날아오르다가 주저앉기도 하고, 어디론가 다른 우주로 이동하기도 한다. 그리고 침묵에 들어 있다가도 노이즈로 몸살을 앓는다. 공기는 냉기에 매몰되기도 하고 뜨겁게 달궈지기도 하지만 방은 잘 견딘다. 내 방은 영화 〈룸〉 같은 공포는 없지만 시간들이 잘 모자이크된 몽타주다. 조각난 이야기들을 모아놓은 것처럼 방은 여러 개의 삶이 동시에 있다. 방은 시간의 변주곡이다. 독자여, 그렇다고 내 방을 병실이라고 생각하지 말아줬으면 한다. 내가 망상증에 걸렸다고 생각하지도 말아 달라.

거기, 누구 없어요!

나의 방은 지구에서 적어도 20억 광년이나 떨어져 있다. 내 방은 무중력 상태에 있기도 하지만 지구와 같은 대기가 있는 곳으로 날아갈 때도 있다. 여기는 지구에서 멸종된 생물들이 사는 곳이다. 그래서 나의 방은 우주로 퉁겨져 나왔다. 방은 나를 잘 견딘다. 방은 생물이다. 나를 감싸고 있는 어머니의 자궁과 같다. 나는 그 안에서 편안하고 자유롭다.

방은 나이고, 나는 방이다. 내가 기침을 하면 방도 기침을 하고, 내가 기지개를 켜면 방도 기지개를 켠다. 내가 여자를 안고 자는 꿈을 꾸면 방도 몸부림을 친다. 나는 방이다. 방은 나의 어머니다. 어머니 자궁의 따뜻한 양수 속에 나는 있다. 나는 방 밖으로 나가고 싶지만 두렵다. 밖은 언제나 추위와 이리떼와 죽음이 있기 때문이다. 방은 나를 치유하고, 기르고, 어루만진다. 방에서 빛과 어둠은 절대 싸우지 않으며, 나를 억지로 깨우려고도 하지 않는다. 방은 내 영혼의 항구이며, 지구로 돌아갈 수 있는 정거장이다.

열일곱이었을 때였던가. 나는 자위를 하다가 읽고 있던 셰익스피어의 『오셀로』 17페이지에다가 정액을 쏟은 적이 있다. 그 순간 나는 몽롱한 세계로 빠져들어 갔다. 최고의 기분이었지만 그것은 죽음의 세계를 탐험하는 것과도 같았다.

그때부터 셰익스피어는 미지의 세계를 탐험하는 통로였다. 잠으로 이어지는 꿈에서 다른 세계를 탐험한 아침은 기진하다. 방도 헬쑥해진다. 셰익스피어가 나의 죽음의 항구였다면 방은 나를 끌어안고 안아주는 어머니다. 셰익스피어를 만나 죽음으로 들어간다. 실레는 말했다. 에로티즘은 죽음과 같다고.

가사假死!

모든 죽음은 거짓이다.

환청인지 모르겠지만 매미가 운다. 포르말린 냄새가 나는 매미. 매미는 옛날 방식으로 운을 맞춰 운다. 낮은 '파' 음에서 톤이 올라간다. '솔'에 한참 멈춰 있다가 바로 높은 '도'로 올라간다. 그리고 다시 파, 미, 레로 떨어진다. 멀리서 별들이 자리바꿈을 하는지 눈이 부시다. 구스타프 홀스트의 〈해왕성〉을 듣는 듯 신비롭다. 장 미셸 자르의 강렬하면서도 신비로운 전자음악과 어울리는 레이저쇼에서 무수히 많은 색깔의 빛이 쏟아져 나오는 것 같기도 하다. 미셸은 음악을 신기루라고 했다. 우주는 음악으로 이루어져 있다. 음악이 없다면 우주도 없다. 우주의 운행은 음악이다. 나는 음악으로 나의 방을 설계했고, 음악으로 하루를 짜놓았다. 따라서 음악은 나의 전부다. 나의 행성도 음악으로 설계해야겠다. 모든 도망자들이 마음껏 생을 즐길 수 있도록 음악으로 거리를 만들고 집을 짓고 사람들을 불러들여야겠다. 우리가 바라보는 모든 곳에는 음표가 있다. 그 음표들은 우리의 눈과 귀와 코를 만들고 거리를 긋고 공기를 뿌린다.

언제쯤 이 행성에 거리를 건축할 수 있을까. 그리고 주민들도 창조해야 한다. 여자들 몇 명, 그리고 슈퍼마켓과 노래방, 이발소, 도서관……, 이웃들도 대여섯 집은 있어야 할 것 같다. '에오라지'와 '은근슬쩍'과 '초들다'를 아는 사람이면 더 좋다. 아니다. 언어는 조국을 갖지 않는다. 음표에 색칠을 해 날개가 부러진 햇빛 속으로 날려 보내면 그 음표는 말이 되어 온기가 있는 일그러진 가슴에 가닿는다. 가끔은 풀밭이나 구름 속, 혹은 바다에서 자유롭게 헤엄쳐 다니기도 한다. 그것들은 자유를 꿈꾼다. 지구의 가족에게서 도망쳐 나온 사람은 말을 뜻으로 이해하지 않는다. 오직 가슴에 나비처럼, 공기처럼 내려앉는 느낌이 있는 기호를 원한다. 그런 말은 투명하여 머리에 잡히는 게 아니라 손이나 귀, 눈으로 감촉된다.

나의 지니, 내 사랑, 지니! 지니는 실재할까. 혹시 내가 읽은 소설 속 주인공은 아닐까. 아니면 영화 속의 주인공? 아니야. 지니는 나의 다른 시간 속에서 나를 그리워하고, 내가 떠나와 버린 시간 속에서 나를 기다리고 있어. 지니는 먼 시간 속 또 다른 내 자신이다. 나의 행성에 우선 지니를 데려와야 한다, 만질 수 있는 지니, 만지고 싶은 지니, 으흥! 콧소리를 낼 줄 아는 지니!

사물들이 말을 건다. 공기 속을 떠도는 언어, 누군가의 소설 속 단어들. 비틀리고 오그라지고 패인 문자들……. 언어는 속임수다.

창문의 언어, 바람의 언어, 먼지의 언어, 바퀴벌레의 언어. 바퀴벌레는 번역가다. 사물들의 말을 우주의 누군가에게 번역해주는 소통의 달인이다. 직직, 지지직, 찌이익, 찍, 코득코득……. 바퀴는 우주의 소리를 낸다. 그 소리는 모든 사물의 언어를 번역한 소리이다. 티브이에서 화면이 나오지 않으면 지지직, 하는 소리는 곧 바퀴벌레의 소리이다.

나비에게 죽은 아이의 이름을 붙여준 것도 바퀴이고, 우물 속에 가득 찬 어둠이 어떻게 소리 내는지를 말해준 것도 바퀴이다. 호수에 가득한 태양의 음표를 악보로 그려준 것도 바퀴이다. 바퀴는 더듬이, 곧 안테나를 통해 시간을 넘나들고, 공간이동을 한다. 그래서 바퀴는 더듬이 관리를 철저히 한다. 시공간의 교신을 위해서다. 또한 바퀴는 우주의 별 만큼이나 숫자가 많다. 바퀴들은 모두 자신의 별이 있다. 그러므로 바퀴가 많다고 탓해서는 안 된다. 그들은 자신의 별과 운명을 같이 한다. 어디선가 지금도 바퀴들은 저마다 자신의 별과 교신하고 있다. 혹은 당신을 또 다른 우주로 데려가려고 우주인과 교신하고 있다.

바퀴는 방의 언어이고 공기의 언어이며, 숲의 언어다.

라 쿠카라차!

라 쿠카라차!

바퀴야, 나를 우주의 언어로 번안해다오. 나는 지금 우주 어느 지점을 떠돌고 있는 저니 스타다. 내가 정착할 수 있는 시간과 공간으로 나를 데려가 다오. 카쿠 카쿠 쿠르럭 쿠카 쿠카 캬아악.

나는 떠돌이다. 나는 도망자다. 나는 지구에서 실종된 자다.

하나의 생각만으로도 훅 간다.

13. 애기똥풀꽃

병이 깊어진 건가. 실어증이 온 것인가.

똥 마려워요. 꿈이 똥을 싸요. 똥 싸는 꿈 개똥지빠귀가 똥 꿈을 꾸는데 꿈 해몽가가 똥파리처럼 득시글거려 똥머리를 묶은 똥싸개가 꿈똥꿈똥, 걷다가 강아지 똥에서 된장 똥 풀꽃을 피워요. 장난감 똥이 똥 모자를 쓰고 응가응가 똥 돼지가 요이똥, 고양이 똥 커피로 몰려들어요. 똥 마려운 똥강아지야, 똥배짱 내미는 똥꼬 팬티 입은 사내의 입이 커요.

마음은 하루에도 몇 번씩 똥을 싼다.

14. 미로, 혹은 미궁

나를 이 외딴 미궁에서 건져내 줄 수 있는 이는 누구인가.

꿈은 가슴 속에 부스럭거리는 화학물질이다. 밤이면 반응하는 물질이다. 꿈은 밤과 소리와 바람이 화학 결합을 하여 가슴에 쌓이는 물질이다. 우리 몸속의 여러 화학물질이 결합하여 영혼이 더 이상 한 곳에 머무를 수 없을 때 꿈이 찾아온다. 더 이상 한 곳에 붙박이고 싶지 않을 때 꿈이라는 새로운 화학반응이 일어난다. 꿈은 우리 몸과 두뇌의 화학물질의 결합으로 만들어진 우주적 표현이다. 그때 우리의 정신은 변신이 일어난다.

카프카는 그 변신을 직접 느꼈다. 그의 〈변신〉은 프라하라고 하는, 독일어라고 하는, 유태인이라고 하는 작은 범주에서 벗어나고 싶은 욕망의 표현이다. 그리고 그 작품은 욕망의 좌절이 어떤 것인가를 보여준다. 그는 변형된 화학물질이 체내에 과다하게 쌓여 벌레가 되었다. 그 벌레는 바퀴이다. 그레고르는 무한한 잠 속으로 들어갔다. 단지 사람들이 그의 잠을 읽어내지 못했을 뿐이다. 그레고르는 이미 우주의 꿈, 카프카의 예루살렘 꿈속에 있다. 그 꿈이 너무 현실적이어서 그는 고통을 받고 죽어갔다. 그는 이미 지구에서 죽은 자이다. 그는 탈피를 꿈꿨다. 경계 너머, 지평선 너머를 보았다.

꿈은 현실 너머를 볼 수 있게 해주는 화학 물질의 작용이다.

내가 지구를 떠나, 사람들을 떠나 외딴곳으로 올 수밖에 없던 것도 그레고르와 같은 처지에 있었기 때문이다. 영원한 잠 속에서 순간이동을 하고 싶었기 때문이다. 머릿속의 화학 물질을 바꿔버리면 또 다른 세계로 이동한다.

나는 어려서부터 화학물질 이상 항진을 앓아왔다. 어떤 화학물질이 쌓이느냐에 따라 나는 의사도 되고, 소설가도 되고, 조울증 환자도 됐다. 나는 자주 소설 속에서 살아간다. 현재도 어느 소설 속을 헤매고 있는지도 모르겠다. 그 소설 속에서 끊임없이 쫓긴다. 내 주변에는 감시자가 넘친다. 나는 혼자다. 언제 체포될지도 모른다. 나는 도청당하고, 도촬 당하고 있다. 책 속에서 빠져나가야 한다. 다른 사람의 꿈속으로 도망쳐야 한다. 나의 잠 속의 꿈은 이미 해독

당하고 있다. 나의 발자국은 나를 팔아넘기고 나의 심장은 녹음되고 있다. 오늘 치의 이야기를 모두 폐기해야 한다.

　나는 우주의 미로에 갇혀 있다. 영영 돌아갈 수 없는 미로 속에. 나의 머릿속에는 화학 물질이 차고 넘친다. 내 방은 미로이다. 내 머릿속은 미궁이다.

　가끔 누군가 나의 꿈속을 방문한다. 꿈은 무한한 우주를 갖고 있고, 시공간을 넘나든다. 그 시공간에 미로가 있다. 카프카나 보르헤스는 꿈을 미로로 설계할 줄 알았다. 카프카가 「성」에서 미로를 설계했다면, 보르헤스는 작품 이곳저곳에 미로를 설치했다. 그는 시간과 공간, 현재나 과거, 혹은 미래에까지도 미로를 설치했다. 보르헤스는 「아벤하깐 엘 보하리, 자신들의 미로 속에서 죽다」에서 미로를 숨기지 않았다. 우리는 미로를 눈앞에 두고도 보지 못하기 때문이다. 그는 현실 속에는 미로가 무궁무진하다고 본다. 눈을 살짝만 옆으로 돌려도 미로가 보인다. 그러나 우리는 눈을 옆으로 돌리려는 의식조차도 하지 않는다. 보르헤스는 현재의 시간에서 미로를 본다.

　도망자는 결코 미로 속에 숨지 않는 법이라네. 그런 인물은 해안의 가장 높은 지역에 미로를, 선원들이 멀리서도 분간할 수 있는 그런 연지 빛 미로를 세우지 않네. 이미 세계가 미로인데 미로를 세운다는 것은 이치에 닿지 않아.

카프카가 자신의 생애를 미로에 갇힌 것으로 인식하고 있다면 보르헤스는 열린 것으로 본다. 보르헤스에게 미로는 시공간 어디에나 있다. 따라서 보르헤스에게 죽음은 절대적이지 않다. 그만의 바벨 도서관에는 수많은 작가들의 판타지가 있다. 그 작가나 판타지는 그가 설계한 현재의 시공간에 존재하는 미로의 설계자이며 설계도이다. 그래서 그는 현실과 판타지를 구별하지 않는다.

미로를 만든 사람은 미로 속에 갇힌다.
미궁을 설계한 자가 미궁에 갇힌다.

나는 이 책의 작가이기도 하지만 책 속 주인공이기도 하다. 혹은 이 글을 읽는 독자다. 누군가가 설계해놓은 시공간 속에 갇혀 있는 〈트루먼 쇼〉의 트루먼인지도 모른다.

나의 숨결은 미로 속을 더듬고 있다. 내 주변 사람들이 나를 찾지 못할 뿐이지 나는 존재한다. 그들의 곁에서 그들을 느끼며 생활한다. 나는 있다, 있었다, 있었었다, 있을 수 있다, 있으리라. 하지만 나는 결코 그들이 나를 찾을 수 있도록 내버려 두지 않으리라. 나는 여기에 있으면서 저기에 있다.

나, 여기, 있어요!

내가 있는 곳은 아무도 찾아오지 않는 병실인가. 아는 사람이라고는 한 사람 없는 시공간에 설계된 미궁에 갇혀 있는가. 이곳은 무덤이다. 병실이기도 하고 무덤이기도 하고 우주의 어느 행성이기도 한 미로! 모든 미로에는 미궁이 있다. 한 번 갇히면 영원히 벗어날 수 없는 미궁. 여기에서 영혼은 납으로 밀봉되어버린다. 의식은 절대 밖으로 나가지 못한다. 어느 누구도 그 미궁의 통로를 발견하지 못하겠지. 하지만 누군가가 미궁을 벗어날 수 있는 수수께끼를 푼다면?

우주에는 많은 언어들이 있다. 그 언어들의 복합적 함수만이 미로를 풀 수 있는 열쇠다.

많은 우주의 언어 속을 달리는 것은 미로의 한가운데에 서 있는 것과 같다. 보르헤스는 언어 속 상징에 미로가 있다고 본다. 보르헤스는 「두 갈래로 갈라지는 오솔길들의 정원」에서 언어 속에 이미 미로가 있음을 알았다.

"추이펀은 또 다른 직업인 미로에 관해서는……."
"바로 여기에 그 미로가 있소."
그는 옻칠한 높은 책상 하나를 가리키며 말했다. 그러자 나는 탄성을 지르며 말했다.
"상아로 만든 미로군요! 정말 작은 미로네요……."
"상징들의 미로지요." 그가 내 말을 바로 잡아주었다. "보이지 않는 시간의 미로랍니다."

말의 운율 속에, 이미지나 상징 속에 바다가 있고, 별이 뜨고, 생물이 태어난다. 그 언어 속에서 환상이 깨어나고 시詩가 위로의 입술을 떠듬거린다. 아르헨티나 시인 후안 헬만은 고통으로 얼룩진 삶 속에서 시라는 언어를 발견하며 온기를 느끼지 않았던가. 그는 시라고 하는 홑이불을 덮고 추운 겨울밤을 보내면서 과거의 온기를 느끼지 않았던가. 아무 감정 없는 여관집 주인 같은 시간이 문을 두드려도 "시가 뱃속을 헤엄쳐 다니며 반짝이는" 데서 위안을 받지 않았던가. 그는 자신의 현실에서 숨어야 하는 도망자였다. 나도 헬만처럼 고독의 이불을 덮고 바퀴벌레의 울음소리를 삼키며 나 자신을 어루만져야 한다.

쿳시는 자신에 대해서 쓰기 위해서 수많은 사물들을 끌어들이고, 그 자신을 사탕으로 바꿔 빨아먹을 수 있도록 하기도 했다. 침묵 속에는 수많은 말들이 있다. 그 말들은 내 입술이 가닿기를 기다린다. '아' 하면 '아'와 연결된 '아침', '아욱', '아자작', '아' 들이 옹기종기 모여들고, '어' 하면 '어이쿠', '어줍다', '어빙' 등 '어' 들이 눈을 반짝인다. 그 말들에는 사람들 사이의 수수께끼가, 비밀이 들어 있다. 뜻 없는 말일수록 어둠 속에 오랫동안 갇혀 있다. 그런 말들은 마치 오래된 그림처럼 침묵한다. 나는 그런 말들을 발음해줘야 할 의무가 있다. 망각 속에 있었던 말들. 쿳시는 말한다. 침실에서 책을 읽다가 졸고 있으면 단어들이 그를 스쳐 지나간다고. 그것은 아마도 그가 읽은 적 없는 단어들이겠지. 잠 속에서 무수한 단어들이 꿈이라는 옷을 입고 나를 지나간다.

그 단어들은 자신의 영역에서 도망쳐 나온 것들이다. 의미로부터 자유로워지기 위해서. 멘델스존은 편지에서 썼다. 자신의 음악에는 아무 뜻이 없다고. 뜻이 있었다면 음악을 하지 않았을 것이라고. 진정한 삶이란 뜻이 없다.

나는 이 지상에 어떤 흔적도 남기지 않으리라!

내가 한 국가이듯이 하나의 말도 하나의 국가다. 하나의 말은 자신의 국민이 있고 영토가 있으며, 바다와 하늘이 있다. 하지만 어떤 말들은 그 국가나 영역을 벗어나고 싶어 한다. 마치 도망자처럼, 실종자처럼, 바퀴벌레처럼 이 세상에 존재하지 않는 말, 한 번도 발음된 적 없는 말이 있다.

이야기 속에 갇히면 헤어 나올 수 없다. 이야기는 시간의 미로를 설치하는 장치이기 때문이다. 미로의 어딘가에는 미궁이 있다.

나는 고양이를 죽인 적이 있다.

15. 어리석은 아이

니앙~! 니앙~!

고양이가 운다.

고양이는 울음으로 나를 관찰한다. 고양이 울음은 야생의 언어다. 수염이 언어이듯이, 얼굴이 언어이듯이, 귀가 언어이듯이, 고양이 울음이 나에게 말을 건다.

그르릉! 야옹! 야~옹! 냥냥! 냥! 니앙! 냠, 냠, 냥! 니앙~! 니앙~!

고양이가 어디선가 운다. 내 귀에서 울기도 하고 창밖에서 울기도 하고, 머릿속에서 울기도 한다. 그 울음은 자연의 언어다.

고양이는 울음으로 말을 건다. 밤에 우는 고양이, 낮에 우는 고양이, 모두 다르다. 그렇다면 이 울음의 뜻은 무엇인가. 소리와 소리 사이에는 많은 뜻이 있다. 냥과 양 사이, 니와 앙 사이, 그리고 '~'에도 뜻이 있다. 그것은 신비한 언어다. 그것을 번역하면 음악이 된다. 그것은 가장 어리석어야 알아들을 수 있는 언어다. 멘델스존이 말했던 음악처럼 너무

나 뜻이 명확하여 아무 뜻이 없다.

　수피즘의 한 우화가 있다. 어리석은 아이는 스승의 말을 곧이곧대로만 이해했다. 자신의 목소리보다 스승의 목소리에 늘 충실했다. 다른 제자들은 그런 아이를 어리석다고 생각했다. 그러나 스승은 아이를 예뻐했다. 제자들은 그것이 불만이었다.

　어느 날 스승은 제자들에게 시험문제를 냈다.

　"내 얘기를 잘 들어라. 여기 새장 속에 새들이 있다. 너희들은 각자 새 한 마리씩을 꺼내 가져가도록 해라. 그리고 아무도 보지 않는 곳에서 새를 죽인 후 그 죽은 새를 해 질 녘까지 가져오도록 해라. 반드시 아무도 보지 않는 곳이어야 한다."

　제자들은 스승이 내준 문제에 의심을 품으며 아무도 보지 않는 곳을 찾아 새를 죽인 후 스승에게 가져왔다. 그러나 어리석은 꼬마는 새를 죽이지 않은 채 새를 새장 속에 넣어 가져왔다.

　스승이 물었다. 너는 왜 새를 죽이지 않았느냐? 아이는 대답했다. 아무도 보지 않는 곳을 찾을 수 없었습니다. 내가 가는 곳마다 신이 지켜보고 있었습니다.

신은 우리와 마주 보고 있다. 어떤 말은 신의 목소리다. 고양이의 울음이 신의 목소리이듯이. 내 영역 밖에서 들려오는 울음소리, 고양이의 울음소리는 나에게 하나의 메시지로 다가왔다. 시간이 비명을 지른다. 쿳시는 그리움이 먼 길을 간다고 했다. 낯선 손가락이 내 생으로 들어온다고 했다.

비가 손가락을 펴 우주에서 뻗어내리는 것처럼 나를 건드리는 목소리 하나.

고양이를 키우는, 고양이에게 의지해서 살아가는 점집 할머니가 있었다. 그 할머니는 중학교 수학교사를 그만둔 뒤 늦은 오십 대에 점집을 차렸는데, 수학 계산하듯이 사주팔자를 숫자로 풀이했다. 처음에는 그 수비학數秘學에 매료된 사람들로 돈을 꽤 벌어들였는데, 그 수비학은 고양이의 울음소리를 제멋대로 해석하는 방식일 뿐이었다. 결국 할머니가 고양이를 괴롭히고 고양이의 울음만을 귀 기울이는 것을 본 사람들이 할머니를 믿지 못해, 찾아오는 사람이 점점 줄어들었다. 할머니는 그 뒤 고양이가 자신의 죽음을 다 준비해뒀다고 말하고 다녀 미친 여자라고 소문이 났다. 그 꾀죄죄한 마귀 같은 할머니는 더욱더 고양이에게 의지했다. 고양이에게 자신의 영혼을 팔아버린 할머니는 문밖에 나다니는 고양이를 부르는 게 하루의 일과였다. 그 할머니는 어떤 세상으로 떠났을까. 그 할머니는 고양이의 아홉 개 목숨을 보았을까. 그 아홉 개의 목숨 중 어느 하나가 자신의 것이라는 걸 알았을까.

니야홍!

16. 달나라의 장난

    단어를 뒤죽박죽으로 쓰는 한 아이가 있었다. 아이는 말을 제대로 쓰지 못해 다른 사람들과 잘 어울리지 못했다.

    그 아이는 뇌성마비에 걸린 열일곱 살 소년이었다. 그는 서너 살 때 열병에 걸려 바보가 되었다. 학교도 일 년인가 다니다 말아 제대로 책을 읽거나 쓰지도 못했다. 더욱이 아이는 어제 일어난 일들을 까맣게 잊어버렸다. 아이가 학교에 다니지 못한 것도 어제를 기억하지 못해서였다. 학교 가는 길을 잊어버리고, 담임 선생님을 아빠나 할아버지, 혹은 아저씨라고 불러서 단어들을 뒤죽박죽으로 만들어버렸다. 아이의 기억은 언제나 하루 치이다. 아이의 어머니가 엄마, 라고 해봐. 하면 그날은 잘 따라서 했다. 그러나 다음 날에는 무무, 라고 하거나 미잉, 얌, 이라고 불렀다.

    아이에게 말이란 그냥 자기 머릿속에서 재편집하여 살려내는 하나의 놀이다. 엄마도 놀이 언어이고, 아빠도 놀이 언어이다. 엄마를 고양이라고 하거나 아빠를 놀이터라고 하고,

물을 컵이라고 하는 아이의 말은 그만의 세계에서 구성된 언어체계다. '엄마, 배고파!'가 '미미, 돼지해.'가 되기도 하고, '학교 갈래!'가 '기차 선수'가 되기도 한다. 사람들이 아이를 바보라고 하지만 엄마는 아이가 말을 만들어내는 언어학자라고 강변한다. 그도 그럴 것이 아이는 어떤 말이든지 바로 바꿔버리는 능력이 있었기 때문이다. 아이 엄마에 따르면 아이가 말을 못 알아듣는 게 아니라 언어를 재구성하는 자신만의 규칙을 갖고 있다고 한다.

가게에 가서 국수 좀 사다 줄래, 하면 아이는 국수를 사다 주었다.

아빠 식사하시라고 해라, 하면 아빠를 데려왔다.

단지 아이는 '국수'나 '아빠'라는 말 대신에 자신이 창작한 다른 말로 그 말을 바꾸어버릴 뿐이었다. 가게 주인이나 아빠가 자신의 말을 알아듣지 못하기 때문에 아이는 말과 행동을 같이한다. 그 아이 입장에서 보면 답답한 쪽은 그에게 말을 거는 사람이나 듣는 이다. 사과가 좋아, 배가 좋아? 라는 말이 있으면 아이는 "손가락 두 개에 발가락은 여섯 개."라고 한다. 그러면서 아이는 사과를 짚는다. 아이는 모든 말을 놀이로 여긴다. 다른 사람들이 조금 알아들을 수 있는 말도 있다. 가령 셰익스피어를 거꾸로 말하는 것 같은 경우나 문장 속 한 단어를 다른 말로 바꿔버리는 경우다. 일례를 들면 다음과 같은 말이다.

의사가 죽음을 처방해줬어요.

아이가 사랑에 빠졌다. 같은 동네에 사는 미미라는 여고생을 마음에 두고 있었다. 그 아이는 날마다 편지를 썼다. 쓰고 찢어버리고, 또다시 쓰고 지워버렸다. 그러던 어느 날 아이는 용기를 내 그 편지를 미미에게 줬다.
편지 내용은 이랬다.

달나라에 빨간 장난을 치는 소년이 오토바이로 노래를 지어 호수를 둥그렇게 그리면 얼굴 없는 노래가 예쁜 그림 속으로 달려가. 문에 눈을 걸어두고 방울지는 나, 담쟁이 뱀이 기어 나와 치르릉, 목소리가 높아. 단추 몇 개가 똑똑하게 예뻐. 사탕 오늘 해. 미, 통통해. 내일은 네 눈에 햇빛으로 동그라미 해볼게.

아이는 모든 사랑의 감정을 담아 이렇게 편지를 썼다. 그러나 미미는 답장을 하지 않았다. 할 수 없었다. 미미의 답장을 기다리다 지쳐 아이는 또 다른 편지를 몇 통 보냈으나 미미는 아는 체도 하지 않았다. 아이는 점점 시무룩해져 자신만의 세계에 갇히고 말았다. 말도 거의 하지 않았고, 엄마가 묻는 말에 대꾸하지도 않았다.

보다 못한 엄마는 아이의 언어를 배우기로 했다. 아이를 위해서 자신이 통역자가 되기로 했다. 엄마는 아이가 한 말들을 일일이 표를 만들었다. 한글의 단어와 문법과 아이의 단어와 문법을 하나씩 대입하였다. 그러나 엄마는 곧 실패하고 말았다. 왜냐하면 아이의 언어체계에서는 일정한 법칙이 존재하지 않았기 때문이다. 아이는 자유로운 언어를 구사하는 시인이었다. 그는 달나라의 장난을 즐겼다.

상담 의사에 의하면 아이는 꿈의 언어를 구사하고 있다. 아이는 꿈의 언어를 여과하지 않고 현실에서 그대로 썼다. 아이에게 꿈과 현실은 전혀 구분되지 않았다.

17. 서른의 무덤

  지니가 보고 싶다. 아직 그 도시에 있을까. 아니면 지니는
어느 소설 속으로 숨어버린 것일까. 아직 쓰이지 않은 소설
속에 있을까. 지니는 실존하기나 할까. 그녀가 여자인지 남
자인지도 모르겠다. 지니는 경이고, 은주고, 숙이다. 지니는
나의 모든 연인이다. 나는 아직도 지니를 느낄 수 있다. 내
상상 속의 그녀. 나의 그림자.

  지니의 살에서는 시냇물 소리가 들렸지. 잘 익은 딸기 냄
새가 났지. 몸은 풍성해 푹신푹신했지. 키스의 맛은 달달한
멜론 맛 아이스크림. 아, 지니의 살 냄새를 맡고 싶다. 그녀
는 너무 사랑스러운 여자다. 줄리엣보다, 롯데보다, 롤리타
보다 더 향기로운 지니. 그녀에게 살을 입히고 피를 돌게 할
수만 있다면 내 목숨이라도 내놓을 수 있다.

  그녀가 함께한다면 어떤 것도 두렵지 않으리라.

  어디든지 날 쫓아올 거지?

  코맹맹이 소리를 내던 지니. 그럴 때면 나는 고개를 끄덕
이며 가벼운 입맞춤으로 답했다. 그녀는 내가 읽은 소설 속

주인공이다.

어떻게 하면 지니를 다시 찾을 수 있을까. 지니만 있다면 이곳은 완벽한 나의 행성이 되리라. 지니는 내가 있는 곳을 알면 언제든지 달려오겠지. 지니의 부드러운 살결이 그립다. 지니의 언덕에는 몽실몽실한 이야기가 있고, 깊은 계곡에서는 아카시아 향내가 나는 서정시가 흘렀다. 파가니니의 감미로운 바이올린이 느껴지는 그녀의 목소리.

지니, 내 행성의 여왕이 되어줘!

바스락거리는 목소리. 냄새도 없다.
거기 누구 있어요?
……
누구시죠?
……

벌써 냄새를 맡았나. 그럴 리 없어. 어떤 언어 속에도 나는 존재하지 않아. 내가 쓰던 언어의 길을 끊으면 나는 그 세계에서 사라져. 이 소리는 내 머릿속 괴물이 만들어낸 속임수일 거야. 여기는 죽음의 지평선 너머야.

나는 소년기 때부터 환청을 앓았다. 환청은 점점 심해졌다. 감각은 판타지와 뒤섞였다. 나는 엄마가 부르는 소리와 구름이 지나가는 소리, 글 읽는 소리를 혼동했고, 할머니가 끙끙 앓는 소리 속에서 비둘기의 목소리를 들었다. 환청은 무수히 많은 세계를 끌어들인다. 영화 〈고스트〉에서처럼 현실 세계를 떠나지 못하는 혼들이 내 주변을 맴돌았다. 뱀이 쉭쉭, 거리거나 도마 두드리는 소리, 매캐한 바람이 한꺼번에 귓속을 파고들었다. 그럴 때마다 나는 자신을 타일렀다.

이건 그림자가 지나간 소리야. 죽은 사람들도 자신이 죽었다는 걸 잊어버리고 있다고. 날마다 사람들이 죽어 나간다고. 죽음을 두려워하지 마. 죽음은 최고의 위안이야. 이만한 선물이 어디 있어. 열반하는 거야. 삶의 고뇌를 잔뜩 짊어지고 있다가 해탈하는 거지. 죽음의 동굴에서 울려오는 침묵의 소리를 들어봐. 까뮈가 말했잖아. 죽음은 해방감이고 다시 살아볼 생각을 하게 한다고. 자아를 죽여야 해. 죽음은 아무것도 아니야. 나라고 하는 건 없는 거야.

죽음에는 어떤 소리가 나나요, 어떤 냄새가 나지요?

내 머릿속에서는 끊임없이 또 다른 내가 만들어진다. 과거에 대한 집착이 환청을 만들어낸다. 그리움이 극한에 이르면 환각이 나타난다.

지니는 실존하는 사람이 아냐. 그냥 내가 어둠 속에서 만들어낸 인물이라고. 어느 자궁 속에서 빌려온 향락인지도…….

내 머릿속이 소리를 질러대자 환청은 사라진다. 환청은 환각을 부르고, 환각은 머릿속을 어지럽히고, 머릿속은 나를 불 지른다. 내가 너무 오래 방에 갇혀 있었다. 그런데 만일 밖에 나가면 어디로 가야 하나. 나를 알아보는 사람이 있을까.

나는 누구인가, 누구여야 하는가, 누구일 수 있는가, 누구라고 해야 하는가. 누가 나인가를 말할 수 있는가. 나는 너이거나 그, 그녀는 아닐까.

야옹!

고양이었구나. 내가 고양이 말을 알아들은 것인가. 어쩌면 저 고양이는 죽었으면서 살아 있는 슈뢰딩거의 고양이일지도 모르겠다. 고양이들은 마음을 깊숙이 들여다볼 줄 아는 동물이다. 고양이가 내 마음 깊숙한 곳에 손을 집어넣었으리라. 슈뢰딩거는 말했다. 환상이 더 현실적이라고.

니아홍!
저 고양이는 무슨 색깔일까. 걸음걸이는 어떨까. 고양이는 공포와 죽음이잖아. 어쩌면 신비로운 달빛일지도, 일본의 한 시인은 이렇게 읊었지.

고양이 사랑 끝날 적 침실에는 어스름 달빛

누군가 내 주변을 맴도는 것 같다. 바쇼는 스님처럼 늘 좌선을 하고 시로써 자신의 명상을 표현한 시인이다.

중국의 시인 이하는 서늘한 느낌을 표현하기를 좋아했다.

저녁을 기다리니
시리고 푸른 인불이
광채를 더하여
서릉의 무덤에는

비바람만 부네

이하라는 시인을 좋아한 적이 있다. 그의 가난과 시적 열정이 좋았다. 그는 왜 유령을 가까이 했을까. 그도 환청을 앓은 건가. 그가 환청을 앓았다면, 그것은 자신의 삶에서 벗어나고 싶어서였다. 그는 곤궁한 삶에서 벗어나려 했고, 시를 통해서 또 다른 세계에 도달하려고 했으리라.

죽음은 늘 속임수를 쓴다. 금방이라도 숲속 무덤으로 갈 것처럼 위협을 하다가도 언제 그랬냐는 식으로 일어서게 한다. 그러므로 죽음에게 휘둘려서는 절대로 안 된다. 죽음은 제 할 일 하라고 내버려 두고 우리는 그냥 우리 할 일을 하면 된다.

늘 헛소리를 듣는 내 머릿속을 뒤지면 무엇을 찾을 수 있을까. 내 머릿속은 오만 잡동사니들이 모여 있는 소음의 놀이터다. 그 소리들 중에서 누군가에게 갈 수 있는 음파를 곧 찾을 수 있을까. 그 누군가가 지니일 거라고 생각한다.
지니, 나의 지니!
지니가 아니고서는 내 머릿속을 이렇게 어지럽히지 않겠지. 지금 나는 온통 지니 생각으로 어리둥절하다.

18. 엘리시움

　배달꾼은 귀찮다. 소독내를 풍기는 배달꾼, 혹시 간호사인가. 그는 분명 나의 행방을 쫓는 끄나풀일 거야. 이 동네를 빨리 떠나야 한다. 그는 이 동네를 손금 보듯 꿰고 있겠지. 그는 101호에는 누가 있고, 305호에는 누가 살고 있는 걸 다 알고 있을 것이며, 주민들의 성격까지도 꿰고 있을지도 모른다. 모든 도망자들이 이곳으로 모여드는 것을 그는 알고 있는 게 분명하다. 혹시 이곳은 그가 쳐놓은 덫은 아닐까. 그를 조심해야 한다. 그는 가끔 불쑥 내 방을 지나치거나 흘끔거린다. 그리고는 문 앞을 수없이 지나가고 발자국 소리만을 남기고 사라지기도 한다. 나를 진단하는 자는 꺼져라. 누구도 나를 진단할 수 없다. 나의 언어에 청진기를 대고 진찰한다 하더라도 병명은 나오지 않으리라.

　누군가 계단을 급하게 올라오는 소리가 들린다. 그리고 초인종이 딸딸이 소리를 낸다. 한 번, 잠시 후 두 번, 세 번. 기침을 두어 번 한다.

배달이오. 소독내 나는 목소리다.

…….

다시 초인종을 급하게 누른다.

기침을 해댄다.

배달왔습니다.

이건 속임수다.

헬멧에 선글라스를 쓴 청년은 내 얼굴을 쳐다보지도 않고 계산서를 내민다. 손이 거칠다. 찬 공기가 방안을 염탐한다. 방안 여기저기에 지문을 찍어놓는다.

마음의 문까지 잠근다.

포장을 열어보니 죽은 고양이 사체다.

그 배달꾼은 내 자신이었던가. 머릿속을 파고드는 바퀴벌레였나. 내 안에서 다른 냄새를 풍기는 또 다른 나였나. 또 다른 나는 지금의 나에게서 다른 냄새를 맡았겠지. 우리는 서로 아는 체를 할 필요가 없다. 우리는 다 같는 도망자니까. 문득 그런 생각을 하니 또 다른 나, 그의 과거가 궁금해진다. 삵처럼 뾰족한 손가락, 날카로운 코, 얇은 입술, 살캉거리는 목소리. 삵의 행동에서는 뭔가 의심스러운 냄새가 난다.

그는 이승과 저승의 경계를 넘나드는 경계인이다. 배달은 자신을 숨기기 위한 명목상의 직업인지도 모른다. 본래 직업은 이승에서 저승으로, 혹은 저승에서 이승으로 사람들을 보내주는 저승사자이거나 외계인이다. 아니면 시간의 끄나풀이거나. 주사기로 위협하는 간호사다.

머릿속을 맴도는 한 여자가 있다. 그녀의 이름을 지니라고 해두자. 그녀와 충무로 대한극장 앞을 걸으며 사랑을 키웠고, 명동 스타벅스를 들락거리며 침묵 속에서 눈빛을 나누었다. 나는 그녀의 얼굴에 풍덩 빠져서 하루 종일 허우적거렸고, 그녀의 입술과 가슴을 몇 날이고 산책했다. 거기에는 숲도 있고 오솔길도 있고 호수도 있다. 우리의 사랑은 늘 세모에서 네모로, 그리고 동그라미로 옮겨갔다. 우리는 제비를 날리기도 하고, 비둘기처럼 구구거리기도 하고, 물고기인 양 뻐끔거리기도 했다. 우리는 기차 시간표 속에서 잠이 들었고, 키세스 초콜릿인 양 서로를 쪽쪽 빨았다. 우리의 만남은 소설이 되었고, 그 소설 속에서 우리는 많은 인물로 연기했다.

지니는 공상과학 소설가가 되고 싶어 했다. 그녀는 주로 우주의 행성 이야기를 썼다. 지구 너머 사람들의 이야기를 쓰고 지구에서 실종된 사람들의 이야기를 썼다. 지구 밖 우리가 살 수 있는 행성이 우주 어디쯤 있어야 하는지, 그 주민은 어떻게 받아들여야 하는지, 지구인들은 죽어서 어떻게 우주인이 되는지에 대해 썼다. 우주의 매트릭스를 찾으려고 했다. 그녀는 말했다. 시간 이동이나 공간 이동을 통해서 또 다른 행성으로 갈 수 있다고. 나는 지금 그녀의 소설 속을 헤매고 있다. 지니의 평행우주 속을 탐험하고 있는 중이리라.

아, 숨이 가쁘다. 이건 분명 내 가슴에서 차오르는 숨이다. 왜 이렇게 숨이 가쁘지. 누가 내 가슴을 짓누르고 있는가. 세종문화회관에서 〈숨〉이라는 무용을 본 적이 있다. 격렬했다가 느리게 풀어지다가 다시 격렬해지는 숨.

소독내 나는 목소리가 들린다.

저 환자, 약은 먹인 거예요. 왜 저렇게 눈이 뒤집혀 있어요. 약 효과가 잘 안 나타나는 것 같아요.

꽉 묶어 놔. 사고 치지 않게.

꿈틀거리기는 하는데, 크게 움직이지는 않아요. 자꾸 쪼그리고 있어서 문제예요. 눈도 잘 깜박이지 않고 가끔 눈물을 흘려요.

신경이 아주 활성화돼서 그래.

신진대사는 잘 되고 있는 것 같아요.

내가 죽어가고 있는 것인가. 아니면 다른 사람의 병실인가. 여기는 병실이 아니야. 나의 외딴 방이지. 그런데 이 소독내는 무엇이지.

그 할머니가 죽은 것일 거야. 언젠가 지니를 문병 갔을 때 옆 침대에 있던 할머니가 죽은 것이라고 나는 스스로를 속였다. 딸을 기다리느라 시야를 창밖에 두던 할머니가 죽은 것이라고. 불쌍한 할머니. 딸은 고사하고 어느 누구도 면회 한 번 오지 않았는데, 결국 죽었구나, 라고 나는 내 자신을 속였다. 어느 소설가는 죽음은 방문판매원 같다고 했다. 문을 두드려도 절대로 문을 열어주지 않으면 죽음은 들어오지 못한다.

평행우주의 경계를 찾아야 해. 그렇다면 이 소리는 무엇

인가. 3억 5천만 년 전에서 온 바퀴벌레 소리인가. 바퀴벌레
는 환청을 만들어내는 먼 우주의 목소리다. 지지직, 차자작,
가르가르, 갊작갊작, 바퀴벌레는 250광년의 시간을 번역할
줄 아는 우주인이다.

　나도 바퀴벌레처럼 쟁강쟁강 말하고 싶다.

　거울 속으로 빨려 들어가고 싶다.

　기억 너머에서 오는 문서를 거꾸로 읽으면 시간은 바뀔 거
야. 3억 5천만 년이 뒤죽박죽되도록 바퀴벌레처럼 우주의
가장자리를 갉겠지. 쥐를 한 마리 키워야겠다. 지렁이도 키
우고 뱀도 몇 마리 키워야겠다. 반딧불이가 바닷물을 서쪽
으로 밀고 간다. 해바라기는 태양에게서 얼굴을 돌려버리고,
물은 중력을 잃었다. 날아라, 바퀴벌레야.

　비 오는 날 전차 가는 소리를 듣고 싶다. 잘강 잘강 잘강
가르르, 기차 바퀴 소리를 빗소리와 함께 들으면 내 영혼이
우주로 날아오르는 것 같다. 두런두런 알아들을 수 없는 목
소리가 빗소리에 묻히면 기차 바퀴 소리는 중력을 잃고 하늘
로 한없이 올라가리라. 우주선의 모터 돌아가는 소리를 느
낄 수 있으리라. 사물들이 저마다 손을 내밀고, 발자국들이

허공을 밟는다. 나는 허공에 연민을 가득 채운다. 그런 날이면 레온 박스트의 〈엘리시움〉을 찬찬히 바라보면서 중력을 견딘다.

엘리시움, 엘리시움!

허우적대는 손이 한없이 우주를 더듬는다.

갈릴레이는 시간은 자연의 언어라고 했다.

19. 말테

오늘도 지니라고 이름 붙인 여자가 내 머릿속을 채운다. 지니는 혹시 내가 키우던 개이거나 아니면 과거의 내 이름일 것이다. 머릿속으로 컹컹 개 짖는 소리가 들린다. 심장이 마구 뛴다. 누군가가 나를 찾아낸 걸까.

지니는 말티즈를 키웠다. 생일날 내가 선물한 개였다. 지니는 말테라고 이름 지었다. 큰 눈이 땡그랑, 굴러다녔다. 짖는 소리는 크르릉, 가는 실처럼 낭창낭창했다. 말테의 시선에는 색깔이 많다. 가만히 엎드리고 있으면 그 시선에서는 무수히 많은 단어들이 튀었다. 지니는 가끔 그 시선 위로 새를 날리기도 했다. 출렁, 지니의 하루가 탱그르 했다. 하얀 무늬가 있는 검은 눈에는 세상의 반이 들어 있었다. 어떤 어둠도 그 눈을 물들일 수 없었다. 지니는 말테에게 자신의 얼굴을 비볐다. 두 팔과 온몸으로 말테를 안았다.

말테는 자연의 모든 것들을 냄새로 읽어냈다. 말테는 시간을 읽어내고, 벌레 울음소리 속에서 우주의 무게를 느꼈다.

말테는 지니에게 보낸 나의 감시원이었다. 말테는 침묵을 즐겼다. 말테는 나와 지니가 함께 있으면 소리를 흡수하는 털 속에 단어들을 모았다. 지니가 놀아주지 않을 때에도 지니 안에 있는 단어들을 수집했다. 말테는 정적을 코로 마셨다. 까만 눈으로 고요를 들이켰다. 말테의 눈을 들여다보고 있으면 뚝뚝 끊어진 단어들이 불규칙적으로 흩어졌다. 그 단어들은 불연속적으로 이어지는 말테의 말이었다.

박제가 이덕무에 대해 말했던 것처럼, 말테는 현재에 살면서 숨어 살았고, 아직 단어가 되지 못한 소리들이 눈 안에 그득했다.

날이 어둠침침했다. 금방이라도 비가 내릴 것만 같았다. 우리는 여의도 한강 변을 걸었다. 지니는 말테를 안고 왔다. 말테는 내 손가락을 핥았다. 말테의 입술이 내 손가락 위를 걸었다. 따뜻한 말테의 혀. 저만치 유람선이 강 위를 떠내려가고 있었다. 물새 몇 마리가 유람선을 따라 날고 있었다. 새는 풍경 속을 헤엄치고 있었다. 지니는 나를 사랑했다. 나는 말테를 사랑했다. 말테는 지니를 사랑했다.

나는 지니의 뒷목을 주물렀다. 한강 물이 그녀의 목 사이에서 출렁였다. 말테가 내 손가락을 멍한 표정으로 바라보았다. 강물이 튀었다.

　말테야, 사랑은 아무도 해석할 수 없는 원시 언어야. 내가 속삭이듯이 말했다.
　모든 언어이면서 어떤 언어로도 번역할 수 없지. 지니가 내 말을 받았다.
　사랑은 거짓말이죠. 말테가 말했다.

　말테는 단어로 말할 수 없는 사랑을 안다. 사랑을 냄새 맡을 수 있다. 눈에 담을 수 있다. 밤하늘은 말테 눈의 풍경이다. 별 몇 점이 못처럼 박혀 있지만 밤은 말테의 눈이다. 밤하늘의 별을 느끼기만 해도 말테를 느낄 수 있다.
　말테는 나의 냄새를 맡을 수 있다. 내가 있는 곳이면 어디에서든지 찾아낸다. 말테는 지니의 간절한 마음이고 나의 소망이다. 마찬가지로 말테는 지니를 냄새 맡을 수 있다.
　지금 말테는 내 머릿속 어딘가를 떠돌고 있다.

　나는 지니와 잤다. 말테도 지니와 잤다. 나는 말테와 잤다.

지니는 말테의 검은 눈동자에서 나를 찾아냈다. 하얗고 구부렁하고 폭신한 털을 가진 말테, 그 아이는 지금 나의 행방을 냄새 맡고 있으리라. 그의 머릿속 앨범에 나이를 먹지 않는 얼굴로 웃고 있는 나의 냄새를 알아내겠지. 이스터섬의 석상 같은 무뚝뚝한 나의 행방을 냄새 맡고. 사람들이 하는 거짓말에서 한마디의 진실을 알아내리라.

나의 말테!
지니의 말테!
말테의 지니!
이 어둠이 깨지도록 네가 컹컹 짖는 소리를 듣고 싶다.
시간의 통로가 뻥 뚫리도록 뛰어와다오.

20. 날자, 날자

영화 〈버드맨〉을 봤다.

주인공 리건은 왕년에 유명한 영화배우였지만 현재는 아무도 알아주지 않는 평범한 사람이다. 그래서 그는 왕년의 영광을 되찾으려고 안간힘을 썼다. 그의 딸이 그에게 말했다.

"아빠는 평범한 존재가 되려는 게 아니에요. 그냥 다시 인정받고 싶어서 그러는 거잖아요. 우리 모두가 그러는 것처럼 밑바닥 인생을 사는 게 두려워서 그러는 거라고요. 그리고 그거 알아요? 이 연극은 중요하지 않아요. 아빠도 이제 중요한 사람이 아니에요. 이 사실을 받아들여요."

하지만 리건은 포기하지 못한다. 술에 취해 길거리에서 자고 일어나 환상 속에서 과거의 자아, 잘 나갔을 때의 자아가 리건에게 말한다.

"너는 신이야. 중력은 너한테는 적용되지 않아, 리건. 우리가 끝났다고 생각했던 사람들의 표정을 지켜보자고. 한 번 더 뒤돌아가서 우리가 할 수 있다는 것을 보여주자고. 우리만의 방식으로 멋지게 종지부를 찍는 거야. 이카로스, 넌 할 수 있어."

그는 빌딩 병실에서 창문 밖으로 날아오른다. 그는 날고 싶었다. 현재에서 날아올라 새가 되고 싶었다.

자아라는 건 없다. 나도 한때 자아를 믿었다. 하지만 자아는 마음의 속임수다. 주체가 모호한데 자아, 곧 나라고 하는 게 있을 수 있겠는가. 나는 그 자아 때문에 힘들었다. '나'라고 하는 게 어딘가에 있다고 생각하고, 그 '나'를 찾아 헤맨 세월이 나의 과거다. 없는 자아를 찾으려 애를 쓰면서 내 마음은 병들었다.

〈스파이더맨〉에서처럼 거미 인간이 되고 싶다. 거미야, 나를 물어뜯어 줘. 나에게 너의 파란 피를 주입해줘. 나도 먼 과거로 날아오르고 싶어. 여기에서 도망가고 싶어. 또 다른 세상으로 가고 싶어.

21. 공룡 발자국

엄마, 내 배 위에 공룡이 발자국을 찍고 있어요. 엄마 배 위에 있던 그 공룡 같아요. 아빠 공룡 맞죠. 개 같은 공룡. 개 아침에 개 전구 아래에서 개 공룡이 내 배 위에 칙촉칙촉 발자국을 찍어요. 개 아파요. 개 엄마, 개 아빠 좀 끌어내요. 개기분이에요. 개기름을 질질 흘리는 개 공룡 좀 쓰러뜨려 줘요. 개 오늘, 감기는 떨어지지 않고, 개 공룡이 내 하루를 개 망치게 두지 말아요, 엄마. 개가 내 배 위에서 개 뛰놀지 못하게 부지깽이 좀 갖다줘요.

땟지, 땟지, 땟지, 땟지, 땟지……
개새끼! 찌따 찌따 오버!
나는 티라노사우르스 개새끼다!

22. 순수한 피

인간의 피 맛을 보면 이성을 잃게 돼.

〈트와일라잇〉에서 남자 주인공 에드워드가 벨라에게 한 말이다. 에드워드는 뱀파이어이지만 인간의 피를 마시지 않는다. 하지만 그는 인간의 피를 갈망한다. 그는 벨라의 향기에 못 견뎌 한다. 그는 벨라를 사랑한다. 벨라의 주변을 맴돈다. 자신의 세계를 벨라에게 보여준다. 그는 자신을 고집하지 않는다.

눈이 푸드덕거린다. 눈은 날개가 아직 다 자라지 못한 새처럼 푸드득거리며 허공의 무한으로 헤엄친다. 기분이 몽롱해지면서 유령인지 사람인지 알 수 없는 자들이 머릿속에서 눈을 뜬다.

왓섭wassup?

나에게서 살아 있는 것이라고는 코와 귀뿐이다. 냄새와 소리는 자라고 번식한다. 냄새와 소리를 따라 길이 만들어지고 동네가 생기고, 숲과 교회와 절간이 생기고, 시간이 발생

한다. 소리와 냄새에 민감한 것들은 경계가 없다. 생사도 없고 운명도 없다. 그것들은 서로에게서 서로를 느낀다. 나는 소통할 수 있는 누군가에게 다가갈 수 있는 통로를 찾고 싶다. 코가 작은 날개를 편다. 꼬리가 긴 코는 작은 날개로 경계 너머를 날 수 있다.

125번, 일어나 봐요!
한 번도 들어보지 못한 목소리다. 그 고양이인가?
눈을 떠봐요.
신고를 해야지. 그 고양이는 본드다. 본드, 이리 와 봐.
무거운 빛이 머릿속으로 들어온다.
누가 나를 찾아낸 것인가? 아니야. 이건 환청이야. 목소리는 어디나 갈 수 있어. 냄새만큼 멀리 갈 수 있어. 소설 속 인물의 목소리가 내 꿈속까지 따라오지 않았을까. 어쩌면 이건 꿈일 거야.
창문이 흔들린다.

》××× ∞§∠ә▽▼

소음이다. 자동차 클랙슨처럼 알아들을 수 없는 말들이

귓바퀴를 흔든다. 흙먼지가 이는 소리 같기도 하고 개숫물이 쏟아지는 소리 같기도 하다. 알약들이 시끄러운 소리를 내고 있는 건가. 바퀴벌레들이 교신을 하고 있는가. 다른 우주에서 오는 소리들이 번역되고 있는 것인가. 본드, 너니?

소음의 냄새들.

나는 새로운 시간으로 도망 와버렸어. 과거는 내 앞에, 혹은 뒤에 있어.

혹시 추적자의 냄새인가. 추적자는 보이지 않는 그물을 치고 목소리를 깔고 눈빛을 사방으로 보내겠지. 그들의 구두는 그들보다 먼저 길을 잡아들 것이고 코는 바람 속에서 냄새를 맡으리라. 그들은 승냥이보다 간교하다.

추적자들은 하얀 가운을 입은 자들과 결탁하리라. 그들은 저승사자만큼이나 말이 통하지 않는다. 그들은 유령거미처럼 경중경중 걷는다. 목소리는 착 가라앉고 바퀴벌레처럼 끊임없이 갉작거린다. 절대로 혼자 나타나는 법도 없다. 개미들처럼 줄줄이 나타났다가 줄줄이 사라진다. 그들은 절대로 인간이 아니다. 인간계와 저승계 사이의 통관업무 담당자처럼 뒤지고 체크하고 기록한다.

그런데 왜 나는 쫓기고 있지. 소독내 나는 곳에서 도망 나왔기 때문인가. 그러면 시체실에서, 아니면 병실에서……???????

나는 절대로 도장 박히지 않을 거다. 도장 박히는 것들은 도살장의 돼지나 소야. 나는 돼지가 되지 않을 거야. 나는 내 목소리를 가질 것이고 내 발로 걸어 다닐 것이다.

어디 있는 거야.

말테, 짖어봐.

본드, 꼬리를 세워봐.

잠잠하다. 목소리들은 다 어디로 갔지. 냄새도 없다. 오늘은 일어나 밖으로 나가자. 밖의 동태를 살펴야 한다. 우선 베이글부터 사 와야겠다. 베이글을 좋아한 한때의 나 자신을 기념하기 위해서 빵집을 들러야 한다. 영혼이 숨 쉴 수 있도록 강변이나 숲을 거닐어야 한다. 영화도 보고 싶다.

우선 창문을 열자.

온통 숲이겠지. 숲은 언제나 마음을 풍요롭게 한다. 밤나무, 너도밤나무, 소나무, 참나무, 갈참나무, 오리나무, 가문비나무, 잣나무, 전나무……. 숨은 벌써 숲 사이로 날아다니고 있어. 지금 날고 있어. 언어가 리듬을 타듯이 바람이 몸에 얼룩져 간지럽다. 가슴이 뭉클하고 혈관이 풍성한 리듬을 탄다. 시의 언어가 율동하는 것 같다. 큰 새의 날개처럼 바람을 탈 수 있을 것 같다. 구름처럼 비처럼. 이게 숲 맞나. 왜 이렇게 까맣지. 여긴 막힌 숲이다. 이 숲을 넘어야 한다. 숲 너머에는 무엇이 있을까.

125번, 약은 계속 투입하고 있지.
약은 잘 삼키는 것 같아요.
Ə∠∈§⌒⊥Å£

나는 에드워드처럼 피를 갈망한다. 순수한 피를 원한다. 피 맛을 보면 이성을 잃는다고 하지 않는가.

23. 오우로보로스

나는 죽음을 연구하고 싶다. 현대적인 죽음을 분석하고, 죽음의 목소리와 죽음의 풍경을 디자인하고 싶다. 혹시 내가 유령은 아닐까. 아니면 유령을 쫓고 있는 것은 아닐까.

죽음과 삶은 서로 긴밀하게 이어져 있다. 죽음 속에 삶이 있고 삶 속에 죽음이 있다. 나는 살아 있지만 죽었고, 죽음 속에서 살아간다. 나는 살인자이면서 희생자이고, 도망자이면서 귀환을 기다린다. 꼬리에 꼬리를 물고 이어지는 고리 속에서 나는 벗어날 수 없다.

나는 어디에서 실종되었는가. 나는 너이기도, 혹은 그녀이기도 하다. 나는 말테이기도 하고 본드이기도 하다. 존재 자체는 허상이다.

인생은 어차피 미로다. 일정한 행로를 알 수 없는 인생은 알 수 없는 시간의 미로 속을 헤맬 수밖에 없다. 나는 인간의 미로 속 우주의 미아다. 나라는 주체는 알 수 없는 시간과 공간 속을 떠도는, 확정할 수 없는 존재다. 거짓말로 된 인생이 거짓말 같은 시간 속을 거짓말처럼 떠돌고 있다.

한 생의 줄거리는 또 다른 시간 속 줄거리를 낳는다. 하나의 이야기는 한없이 번식하여 끊임없이 새로운 이야기를 낳는다. 이야기는 서로 중첩되고 갈라지고 가늘어졌다가 굵어졌다가, 매듭졌다가 풀어지기를 반복한다. 악한은 선하기도 하고 선자는 악한이기도 하다. 어느 날이 오늘이고 과거의 어느 순간, 혹은 오지 않은 어느 날이듯이, 사람의 운명은 시간의 장난이다.

우로보로스!

끝이 시작이고, 시작이 끝이다. 출발점은 모든 것의 끝점이다.

행행도처行行到處 지지발처至至發處. 걸어도 걸어도 그 자리, 가도 가도 떠난 그 자리.

도플갱어는 소울메이트이다. 가상으로 만든 한 여자, 지니는 나의 과거이며, 나를 쫓는 놈이며, 나의 아니마다. 지니는 진희이고, 진이이며, 아라비안나이트의 지니이다. 지니는 내 머릿속에서 만들어낸 또 다른 나이며, 내가 그리워하는 여인이다. 가상인지 실재하는지는 알지 못한다. 내 머릿속에서 지니라는 여자를 만들어냈다. 실제로 지니가 있었을까.

어디선가 말테의 목소리가 들린다. 녀석이 외로울 때 부르는 노래다.

커우~엉, 끄으응, 끄엉
컹컹컹, 컹그르, 크르르
컥컥
끄르르르

말테가 나를 찾아낸 것일까.
말테!
아무리 말테를 불러도 대답이 없다. 노랫소리만 커졌다 작아졌다 창틈을 비집는다. 소리에는 냄새가 없다. 소리 속에는 낯선 몸짓이 있을 뿐이다.

24. 희귀병

　방안으로 어둠이 밀려온다. 어둠은 낯선 이들이 깨어나는 공간이다. 어둠 속에서는 비존재의 낯선 이들이 경계를 허물어뜨리며 얼굴을 내민다. 이곳에서는 죽음도 없고 삶도 없다.

　〈디 아더스〉라는 영화를 보면 낯선 이들이 경계를 넘어온다. 그 낯선 이들은 죽은 자인가. 결코 그렇게 볼 수 없다. 원래 그곳에 살았던 사람이다. 그들이 시간의 경계를 넘어 그 집의 소유를 주장하고 자신의 일상을 되돌리려고 한다고 해서 그들을 탓할 수 없다. 모든 생명은 어느 제한된 시간 속에서만 살아가기 때문이다. 어쩌면 우리들이 그들의 영역으로 침범하고 있는지도 모른다. 만일 시간이 뒤죽박죽된다면 존재와 비존재는 뒤엉키리라.

　니콜 키드먼이 분한 그레이스는 시간의 경계가 단단하다고 믿지만 시간은 의외로 쉽게 허물어질 수 있다. 시간의 경계는 투명하다. 그레이스의 아이 앤은 그것을 알았다. 앤은 어머니를 의심한다. 어머니가 정말 살아 있는 사람인지를 의

심한다. 앤은 창백한 얼굴로 낯선 이들을 받아들인다. 그러나 우리들은 앤이나 그레이스 모두 비현실적인 존재로 본다. 그들은 산 자들일까 죽은 자들일까. 혹시 우리가 죽은 자들은 아닐까.

그것은 그렇게 중요하지 않다. 삶과 죽음은 시간의 차이이기 때문이다. 현재에서 죽음은 희귀병이니까. 아이가 비현실적으로 소리치고, 어머니를 무서워하고, 어머니가 아이를 낯설게 바라보는 것은 죽음과 같은 그들의 희귀병 때문이다. 빛을 볼 수 없는 아이들은 죽었을까 희귀병자일까. 아이들을 보는 어머니는 또 어떨까. 그들은 양면을 모두 갖고 있는 존재들이다. 그들이 존재일까 비존재일까, 는 그렇게 중요하지 않다. 우리는 그들에게 낯선 자이며, 그들은 우리에게 낯선 자이다. 존재와 비존재는 무無의 양면성이다. 다른 시간 속에서 우리는 모두 비존재이므로.

백 년 전 전쟁터에서 죽은 아이의 울음소리가 창문을 흔든다. 나는 그들의 시간 어디를 헤매고 있는가. 시간 너머에서 목소리가 들린다.

사물이 내 안으로 들어온다. 궁둥이 아빠, 엉덩이 아빠,

엉덩이 눈, 방귀를 내밀지 마. 어둠이 손을 내민다. 나는 밤의 먹잇감이다. 가로등은 좌초되었고, 집은 꿈을 꾼다. 시간에 족쇄를 채우지 마. 나는 침묵이 된다. 헤이, 엉덩이 아빠, 궁둥이 엄마, 화투장 같은 얼굴을 내밀지 마. 사물들의 시선이 내 몸에 구멍을 뻥뻥 뚫는다. 바람이 궁둥이를 치는 낙타의 얼굴에는 수식어가 살해됐어. 죽음에서 일 미터 떨어진 곳에서 새벽이 절뚝거리며 오고 있어. 머릿속에서 찰칵하는 소리가 들려. 책들이 근친상간을 하고 있나 봐. 나는 우울 근처 역에서 창백한 한 사람을 만났어, 난 그림 속에 있어. 정선의 〈기우출관도〉 속인 거 같아. 헤이, 노자 할아버지, 나에게도 필사본 한 부 전해줄 거죠. 몽상에 빠진 나뭇가지가 부스럭 소리를 낸다. 몇 시에 예수가 예루살렘에 입성했지. 서쪽에서 왔나, 동쪽에서 왔나. 낯선 얼굴 하나 새처럼 운다.

거기, 누구 없어요!

25. 자화상

나는 십 대 초부터 나를 그렸다. 나는 늘 내가 궁금했기에 나를 바라보며 나를 쓰고, 나를 그렸다. 하지만 아직도 자화상을 완성하지 못하고 있다.

창밖을 내다본다. 창밖에는 얼굴이 있다. 어른어른 움직이는 얼굴. 뒤틀리고 흔들리는 얼굴, 모자이크된 얼굴이다. 베이컨은 자신의 〈자화상〉에서 죽음을 그리려고 했다. 자신의 얼굴에 덕지덕지 묻어 있는 죽음을 그는 보았다. 그는 15세부터 죽음이라는 일그러진 얼굴을 자신에게서 발견했다. 그는 평생 자신의 얼굴에서 죽음을 보았다. 그 죽음은 히죽거리고 비웃고, 짤랑짤랑 소리를 냈다. 꿈속에선가 기찻길에선가, 한밤 모퉁이를 돌아가다가 언뜻 본 얼굴이다.
헬리오 가발루스 황제는 얼굴에 분을 바르고 여장을 하고 다니기를 즐겼다. 니진스키는 많은 얼굴로 분장하는 걸 즐겼다. 신디 셔먼은 분장사였다. 괴물이 되기도 하고, 할머니가 되기도 하고, 귀신이 되기도 했다. 공옥진은 꼽추가 아닌

데도 꼽추의 자의식을 가지고 살았다. 그녀는 병신이야말로 가장 인간적이라고 생각했다. 나는 누구인가? 나는 내가 아니므로 나이다. 제법무아諸法無我다.

나라고 할 것이 있는가.

고양이였다가 개였다가 벌레였다가 강물이기도 하고 꽃이기도 한 얼굴의 자화상. 거기에는 꿈속에서 본 듯한, 혹은 어딘가에서 만난, 과거 속 자신의 얼굴이다. 그러므로 그 얼굴은 입체적으로 겹치고 모자이크되어 있다. 모든 얼굴은 마음의 장난이다. 본래 모습이란 없다. 얼굴이 많은 사람은 죽음을 본다.

마음은 쉰 가지가 넘는 이름이 있다. 심왕, 여래, 공, 심금, 단심, 진여, 여래, 반야, 무의식, 법, 알음알이, 정혜, 명名, 브라흐만, 오온, 심전心田, 거울, 등불, 무애······

유리창에 어른거리는 얼굴에서 고양이 울음소리가 들린다. 변화무쌍한 고양이 눈 색깔이 보인다. 내 얼굴은 변장술이 뛰어나다. 새의 얼굴을 하다가 고양이 얼굴을 하다가, 다

빈치의 여인 얼굴을 하고 있다가 돼지의 얼굴, 귀신의 얼굴을 한다. 얼굴에는 기호가 많다. 저녁의 기호, 묘비의 기호, 죽음의 기호, 물의 기호, 숲의 기호…… 얼굴은 기호다. 부재한 타자들이 얼굴에 모인다. 영원히 부재한 타자들의 얼굴에는 시간의 흔적만 있다. 얼굴은 마음의 기호다. 이름이 있을 뿐 아무 뜻이 없다. 인종도 없고 가문도 없고 경계도 없다.

유리구슬 속에서 날고 있는 나비를 꺼낼 수 있는 자는 누구인가.

얼굴 하나가 말을 건다.
노래를 해봐!
변신해봐!
얼굴에 묻혀 있는 타인을 꺼내 봐!
내 얼굴은 아직 태어나지 않은 얼굴이에요

얼굴에 날개가 돋는다. 무늬 진다. 언어들이 덕지덕지하다. 물렁물렁하고 물컹한 메아리가 똬리를 틀고 있다. 얼굴이 뒤뚱뒤뚱 걸어간다. 푸석푸석, 푸드덕거린다.

기억은 시끄럽다. 잡동사니들로 가득한 기억은 고물상이다. 물건들은 절대 과거로 되돌아갈 수 없다는 걸 안다. 얼굴도 마찬가지다. 얼굴은 기억으로 가득 차 있지만 그 기억은 마음이 만들어낸 자화상이다. 거기에서는 온갖 냄새가 난다.

유리창에 비친 얼굴에는 나라고 하는 모습이 없다. 나라고 하는 얼굴은 유리창에 달라붙어 있다가 바람에 날려가 버리기도 하고 낯설어지다가 사라지기도 한다. 본래의 얼굴은 없다. 얼굴은 그냥 그림자다. 자아라고 하는 것이 없듯이 나의 얼굴이란 없다. 나의 얼굴은 우연이 만들어낸 그림자다. 타인이 보는 나의 허상이다. 내 얼굴은 남이 바라보는 표지이다. 수많은 조상의 유령들이 모인 곳이 내 얼굴이다. 얼굴에서 나를 찾으려 하면 유령을 보게 되리라. 내 얼굴은 유령들이 주물러놓은 찰흙이므로.

〈사자를 만나다〉에서 김은호 감독은 도시의 한복판으로 초원의 사자를 불러낸다. 그 사자는 자신의 본래 모습을 내보일 수 있을까.

나는 나를 어떻게 그리고 싶은가. 물고기로 그리고 싶은가, 새로 그리고 싶은가, 유령으로, 우주인으로, 일그러진 양철 깡통으로, 파리로, 꽃으로, 해골로……. 나라고 하는 기호란 없다. 유리창마다 나의 얼굴은 달리 비치겠지. 타인의 얼굴 속에 내가 있다.

본드!

네가 장난을 치는 거냐?

너는 얼굴이 많잖아. 네 수염이 장난을 치면 얼굴은 변신을 하지. 네 눈 속에 갇혀 있는 나의 얼굴을 꺼내 줘.

본드, 네 목소리를 닮은 얼굴이 유리창에 어른거린다. 네 발톱에 할퀸 얼굴이 찢긴다. 유리창에 비친 얼굴이 바스락거린다.

본드, 얼굴을 보여줘.

너를 위해서 치킨 윙을 남겨 뒀어. 네 얼굴에서 오도독거리는 소리가 금방이라도 들리는 것 같아.

나는 날마다 내 자신을 베낀다. 크루아상 냄새가 나기도 하고, 보름달이 굴러가는 소리가 나는 것 같기도 하고……. 새끼 양의 울음소리를 담고 있는 나를 베낀다. 그러다 보면 가끔 시선을 따라 내가 끌려 나오기도 한다. 나라고 하는 냄새가 방을 가득 채운다.

야우, 옹!

창문이 덜컹거린다. 바람의 발자국 소리다.
나는 우연이다.

26. 백비 白碑

내 안에 살던 개가 가출했다. 태양이 창문에 걸터앉아 책을 읽고 있을 때 개가 가출했다. 개는 내 안에서 늘 행복해했다. 마음껏 짖기도 하고, 하소연하기도 하고, 수선화처럼 달빛을 마시거나 시간의 목소리를 내기도 했다. 내 꿈을 만들어내는 개는 왜소하고 절뚝거리고 피부병이 있었다. 떠돌이 개가 어느 날 나에게 왔다. 그 개는 나를 쳐다보며 이름을 지어달라고 눈으로 하소연했다.

말테!
나는 말테에게 내 삶을 온통 **빼앗겼다**. 말테는 내 머릿속, 꿈속을 달리는 경주견이다. 마음껏 달릴 수 있는 말테는 밤의 끝까지 달려갔다가 새벽이면 어슬렁거리며 돌아왔다. 그때 내 꿈은 백지다.

말테가 가출을 했다. 나는 그의 얼굴을 기억할 수 없고, 목소리도 분간할 수 없다. 내 안에는 개들 천지여서 말테가 어떻게 우는지 잊어버렸다.

컹 컹 컹

깽 깨갱 깽

으으으 응

컥 커넉, 컥

목소리는 허공에 집을 짓지 않는다. 고독에는 패턴이 없고 불안에도 얼굴이 없다. 바람의 자식인 목소리는 횡단보도를 함부로 건넌다.

시장통에서 돼지머리가 웃는다.

생각이 낯선 색을 입고 떠돌이처럼 웃는다.

커피숍에서 로스팅된 원두처럼 고소한 언어들이 콩 콩 콩 창문을 넘는다. 꿈은 재산이다. 자단나무는 부처가 되고 싶어 하고, 숲은 시간의 집이 되려 하고, 신문지에 고여 있는 말들은 언어의 집을 꿈꾼다.

내 안에 묻어둔 말들이 아우성친다. 그 언어의 집은 어떤 형상을 하고 있을까.

말테는 빗속에서 아이스크림을 빨고 있겠지. 직선과 곡선이 만나는 곳에서 내 얼굴을 하고 〈장밋빛 인생〉을 부르겠지. 네가 나에게 온 지 여러 해가 됐다. 우리의 만남은 네버랜드에서였지. 장례식장에서 버려진 꽃송이를 줍고 있었지. 네 목소리를 듣고 싶다. 너의 목 잘린 말들을 목에 걸고 싶다. 말테, 고양이 눈이 깨어나기 전에 돌아와야 해.

박수량朴守良은 자신의 백비에 무엇을 기록하고 싶었을까.

말테는 또 하나의 나다. 내가 말테이고 말테가 나다. 말테는 내 안에서 웅크린 채 꿈을 만들어내고 목소리를, 시선을, 언어를 만들어낸다. 말테의 목이 잘린 말들은 내 머릿속에서 시가 되고, 음악이 되고, 하소연이 된다. 가끔 저물녘 이내 속으로 외출을 했다가 돌아오면 말테는 나의 언어를 갖고 노닥거린다. 블록처럼 쌓인 말들이 형상을 갖는 것은 신비하다. 언어는 의미 바깥쪽으로 기울어질 때 가장 신비롭다. 의미는 금세 바람 빠진 풍선처럼 지저분하다. 형상이 없는 말들이 부서진 채 방안에 널브러져 있다.

말테!
말테!
나의 방에는 지금 메아리가 없어. 너는 눈빛보다 먼저 와야 해.

거리에 오래 있으면 사람들이 서로에게 낙인찍는 소리가 먼지처럼 일어날 거야. 그러면 너는 영영 나를 찾을 수 없을지도 몰라.

봐! 돌멩이들도 제 핏줄을 찾아 굴러다니고 있어. 구름은 그리움을 따라 떠다니지. 호수가 저물녘 하늘로 오르는 것을 봐봐.

말테!

어서 와.

나비처럼 사뿐히 와야 해. 물기 없는 바람처럼 와야 해. 나는 언제까지나 네가 오는 모습을 눈이 빠지게 기다리고 있어.

온몸에 색을 입고 와. 나는 네 언어의 이삭을 줍고 싶어. 지니와 함께 와야 해.

침묵은 세상에서 가장 위험한 짐승이다.

27. 그림자

하루하루 죽어간다. 존 치버의 외면당한 인물인 양 아무
도 나를 찾지 않는다. 아, 소리, 어, 소리를 내도 듣는 사람
은 없다. 나는 스스로 실종된 사람이니까. 이제 와서 척독尺
牘이라도 써서 먼 곳에 보내려 해도 수취인불명, 보낼 곳이
없다.

한 그림자가 있었다. 그 그림자는 모든 그림자들과 잘 어
울리지 못했다. 지나가는 사람이나 제 자리에 박혀 있는 전
신주, 집이나 나무 그림자들은 그 그림자를 잘 이해하지 못
했다. 그림자는 늘 우울한 얼굴을 하고 있거나 시무룩한 표
정을 짓고 있었다. 그림자들은 그런 그림자를 이해하지 못
했다. 그 그림자는 가끔 짓뭉개져서 산기슭이나 집 뒤에 쪼
그리고 있었다. 그림자들은 그 그림자를 보면 자신들까지도
우울해졌다. 몸이 너무 무겁고 커서 아무도 그에게 가까이
가지 못했다. 자신들이 그 우울증에 전염될까 봐 무서웠기
때문이다. 그림자들은 그 그림자가 어디에서 왔는지, 고향이

어디인지 몰랐다. 사실 그 그림자는 어둠의 자식이다. 검은 색으로 치장한 밤의 정령에게서 태어났다. 다른 어둠들은 모두 낮에만 활동했으나 그 그림자는 낮을 버리고 어둠을 찾는 정령이었다. 그 그림자가 가끔 슬퍼하면 구름이 잔뜩 끼어 비가 내리거나 우박이 내렸다. 그러면 모든 그림자들은 그 그림자를 피해 몸을 감추었다. 그 그림자는 혼자 남아 몸을 말고 안으로 울음을 삼켰다. 가슴 속에서 그림자가 끙끙 앓는 소리는 세상의 어둠을 만들어냈다. 그러면 그림자들은 가슴을 콩닥거려야 했다. 검은 개가 눈뜨는 시간이었기 때문이다. 검은 개는 그림자를 먹어치운다.

검은 개, 검은 개
말테, 너인가!
너는 불안으로 살이 쪘다.

아이 때 아랫집에서 키우던 크고 사나운 검은 개는 내 안에서 더욱 크게 자랐다. 개의 털은 거무스레하다, 에서 거무튀튀하다, 로 다시 까무잡잡하다, 까맣다, 깜깜이로 변해갔다. 색이 짙어질수록 덩치도 컸고, 짖는 소리도 컸다. 그리고 결국 검은 개는 나의 모든 것을 삼켜버렸다.

모든 우울은 검은 개에게서 온다.

나의 그림자는 내 행세를 한다.

나의 얼굴 표정이나 걸음걸이, 목소리, 몸짓, 모든 것들이
검은 개에게서 비롯하였다. 개는 내 안에서 유령이 되었다.
내 안의 다른 유령들을 몰아내느라 개는 날이 갈수록 큰 소
리로 짖었고, 짖는 소리는 기괴하게 변했다. 나는 그럴수록
가슴을 두근거렸고, 종내에는 외계 괴물이라도 나오는 듯
심장이 터질 것 같았다. 혼자 남아 세상의 모든 것들과 싸움
을 벌이는 나의 검은 개는 죽음으로 나를 몰고 가는 사냥꾼
이었다.

나의 얼굴에는 개 조심이라고 쓰여 있다.

월하향月下香!
달의 향기를 마시는 수선화를 키우고 싶다.

내 방은 우주의 외딴 항구다.

지니, 너는 어디 있느냐.

너는 실존하는 나의 여자인가, 아니면 내 검은 개가 만들어낸 환각 속 인물인가. 네 살이 그립다. 너의 목소리가 들리는 듯하고, 네가 금방이라도 나에게 올 것만 같다. 너는 지금 어디 있느냐. 나의 울음소리가 들리지 않느냐.

로르카는 비명의 어두운 뿌리를 노래했다.

28. 심인

　간밤 꿈속에서 내내 사람을 찾았다. 내가 찾는 사람은 누구였는가. 또렷하게 떠오르지 않는다. 다만 꿈속에서 간절하고 애타게 목마르도록 찾았다. 그는, 혹은 그녀는 누구일까. 아직도 마음속을 시지근하게 한 이는 누구인가. 나의 모든 언어는 꿈으로 되어 있다. 꿈을 따라가면 그곳에 나의 삶이 있다.

　병실이었다. 누구의 병실이었는지는 모르겠다. 여자였던 것 같기도 하고, 어린아이였던 것 같기도 하다. 한 번도 본 적 없는 사람이 나를 뚫어지게 바라보고 있었다. 그, 혹은 그녀는 말했다.
　얼마나 기다렸는지 몰라. 오백 년을 여기에서 꼼짝도 하지 않고 있었어. 왜 이제 와.
　어? 응!
　네가 문을 나선 이후 나는 화석이 됐어. 나를 만지지 마. 부서질지도 몰라.

……?

내 눈을 봐. 얼마나 깊어졌는지 몰라. 10억 광년은 될 거야.

그녀, 혹은 그의 눈은 파랗다가 까맣다가 풍선처럼 펑, 하고 터져 보이지 않다가 했다. 다시 보니 아무도 없었다. 나는 꿈속을 헤매고 있는 듯했다. 잠시 후 그녀는 말했다.

네가 보는 책이나 듣는 말은 모두 나를 표현하고 있어. 너의 무의식 깊은 곳에 내가 있어. 내 안에 손을 넣어봐.

잘 봐. 네 꿈이 언어로 되어 있듯 나는 너의 거울 언어야.

온통 하얀 병실의 풍경 속에서 그녀의 말도 하얗게 빛나고 있었다. 나는 겨우 더듬거리며 물었다.

어디 다친 거야?

네 손가락은 전기 충격기야.

그녀는 하얀 손가락으로 자신의 가슴을 가리켰다. 그 손가락은 〈터미네이터〉에서 봤던 로봇의 손가락처럼 뾰족하게 자랐다.

심인尋人?

심인心印?

심인心因?

모든 것은 마음이 만들어내는 공화空華라고 했던가. 마음이란 없다. 있지도 않은 마음이란 것을 찾느라고 사람들은 번민에 빠진다. 그렇다면 몸에서 일어나는 작용인 마음이란 무엇인가? 그냥 몸의 부림, 몸의 세포 작용……. 의식과 마음은 어떻게 다른가? 마음에서 마음으로 전달된다는 말은 모두 거짓말이다. 원래의 마음이란 없는데 어떻게 마음에서 마음으로 전달된단 말인가. 강박이 전류를 타고 전달되겠지. 전기 충격처럼. 꿈이 공화이듯이 마음 또한 헛되리라. 뜬 구름이 수없이 그 모양을 바꾸듯이 마음이란 그 본래의 형체가 없으므로 꿈과 같다. 내가 있는 곳에 마음은 없다. 마음이란 내가 없는 곳을 다닌다.

더 이상 나에게 전기 충격기를 대지 마!

마음은 물질인가, 물질의 작용인가, 관념인가. 마음에는 상相이 없다. 그렇다고 감각이나 관념도 아니다. 마음은 언어 이전의, 감각 이전의, 노자의 도道와 같다. 텅 비어 있어 이름을 지을 수 없고 느낄 수도 없다. 심인尋人, 心印, 心因은 헛된 말의 장난에 불과하다. 시인 마쓰오 바쇼가 도쿄 근교 오쿠를 찾은 것도 그곳에 텅 빈 길이 있다고 보았기 때문이다.

병상에 누워 있는 사람이 나를 찬찬히 쳐다본다. 보니, 나 자신이 누워 있는 듯도 싶다. 그럼 내가 나를 기다렸단 말인가. 아니다. 저 사람은 한 번도 본 적 없는 사람이다. 나의 지니 같기도 하다. 지니는 몇 달 동안 입원한 적이 있었다. 폐렴 증세로 입원했었다.

어디를 그렇게 돌아다니다 온 거야?

……?

너무 오랜만에 만나니 어리둥절하지? 나도 잘 모르겠어. 내가 기다린 게 너였는지 내 자신이었는지 나도 확신이 들지 않아.

그녀, 혹은 그는 슬픈 표정을 지으며 나를 바라보았다. 눈에는 눈물이 그렁그렁했다. 눈은 두 개, 세 개, 열 개, 백 개 ……. 그 눈은 살아 있는 수정체가 아니라 우주의 행성처럼 얼굴에서, 병실에서 굴러다녔다. 그럴수록 그녀의 목소리는 깊어지고, 더 아득해지고, 공중으로 흩어졌다.

지니?

……!

지니야?

......!

나를 빤히 쳐다보는 텅 빈 눈.

눈동자에서 까마귀 울음소리가 들리더니 새들이 한꺼번에 나를 향해 날아들었다. 그 순간 잠에서 깼다. 온몸이 땀범벅으로 젖어 있었다. 나는 지금 어느 곳, 어느 시간 속을 헤매고 있는가.

내 꿈이 나의 증상이듯이 지니는 나의 트라우마다!

뱃속이 울렁인다. 뭔가 배 속에 가득 찬 듯하다. 나는 무엇을 뱉지 못하고 있는가. 토하고 싶다. 울렁이는 이 물질을 토해버리고 싶다.

현실은 모두 아수라 백작의 장난이다.

마음이란 여시아문如是我聞, 이와 같다.

헛생각이 나오는 아홉 구멍을 막아버려야 한다.

29. 심 노인

병원에서 만났던가, 길에서 스쳤던가, 어쩌면 내 머릿속으로 방문했는지도 모르겠다. 아무튼 심 노인이 자꾸 머릿속을 떠돈다. 변장한 아버지인가.

심 노인의 눈은 텅 비어 있다. 그의 눈이 가닿는 곳은 어깨 너머다. 사물 너머, 산 너머, 구름 너머다. 가끔 길에서 그와 마주치다가 눈빛으로라도 아는 체를 할라치면 그의 눈빛은 날아올라 어깨너머로 흘러갔다.

노인은 남의 말은 귓등으로도 듣지 않았다. 그는 앉자마자 자기 이야기로 시작에서 자기 이야기로 끝냈다. 그의 말 사이에 끼어들기란 심장에 철심을 박는 것만큼이나 힘들다. 그에게 이 세상은 자신의 이야기 속에 있다. 그는 자기 자신에 갇혀 있다. 남의 말이라고는 죽어라고 귀 기울이지 않기 때문에 그와 마주 앉으려면 트루먼 대통령이라도 되어야 한다.

그의 고향이 어디인지 가족 관계가 어떻게 되는지 직업이 무엇인지 어떻게 살아왔는지 아무도 모른다. 그냥 그가 한 말에서 어렴풋하게 짐작할 뿐이다. 어떨 때는 아주 부자로 살았던 것 같기도 하고, 떠돌이로 살다 막다른 데까지 밀려온 것 같기도 하다.

그의 이야기로 짐작해볼 것 같으면 그는 제주도에서 한때 살았으며, 그의 아내는 아주 예쁘고 공부도 많이 한 여자이고, 둘 사이에는 딸이 하나 있다. 그는 지금 딸을 기다리고 있다. 딸이 왜 오지 않는지, 그의 아내가 왜 나타나지 않는지는 아무도 모른다. 그가 질문에 답한 적이 없기 때문이다. 그래서 사람들은『심청가』속 심 봉사를 닮았다고 해서 그냥 '심 노인'이라고 불렀다.

우리 사위는 큰 기업 사장인데 우리나라를 멕여 살리는 사람여. 자동차도 만들고, 집도 짓고, 우리가 먹는 건 다 만들어. 우리 집에 와봐. 없는 게 없어. 언제 한 번 와. 다 우리 딸이 보내준 거여.

그렇다고 심 노인이 누군가를 자신의 집으로 데려간 적은 없다. 그는 딸을 당장 눈앞에 바라보고 있기라도 하는 것처럼 물크러진 두 눈으로 고시랑고시랑 끝없이 딸 이야기를 이어갔다. 귀신에 쓴 것마냥 입술을 달그락달그락, 알아들을 수 없는 말을 중얼거렸다. 김 간호사의 말에 의하면 그것은 모두 딸을 기다리는 이야기라고 한다.

아가, 언제 오는 겨!
너의 고운 미소가 하늘에 걸렸는데, 금방 올 거지. 지금 저 동구 밖에 자동차 굴러가는 소리가 들린다. 너 없이 나는 못 산다.

심 노인은 딸을 기다리고 있다. 언제부터 기다렸는지 언제까지 기다릴 것인지……. 하지만 그가 딸을 기다리고 있다는 것은 그의 게슴츠레한 눈만 봐도 알 수 있다. 뭉그러지는 목청만으로도 알 수 있다. 그는 기다림의 표상이다.

그리움은 병실이다.

하지만 다른 소문이 돌기도 했다. 그는 한 번도 결혼한 적도 없고, 당연히 딸도 없으며, 찾아오는 사람도 없다. 들리는 말에 의하면 집도 없다고 한다. 어떤 이들은 그가 북한에서 내려왔는데, 주민등록을 하지 않아 떠돌이로 산다고 한다.

그의 말은 다 소설 속에서 꺼낸 것들이다.

그가 기다리는 것은 무엇일까. 그는 어느 때를 걷고 있는 것일까. 혼자 외롭게 혼밥하고 혼술하면서 어느 극적인 순간을 찾아 헤매는 것일까.

어쩌면 그는 심 봉사처럼 정신적 맹인은 아닐까. 그의 마음에는 너무 많은 상相이 있는데, 그중 딸이라는 상, 아내라는 상에 갇혀 있는 것은 아닐까. 망상은 다중적 인격에서 오는 환각 증상이다.

김 간호사는 혀를 끌끌 차면서, 알고 보면 불쌍해! 너무 불쌍한 노인이야! 정말 심 봉사 같은 오갈 데 없는 노인이야. 그녀는 코맹맹이 소리를 내며 안쓰러워했다. 아무도 찾아오는 사람이 없어. 연고도 없고, 주소도 일정하지 않아.

우주의 시간 속에서는 0.1초나 백 년이나 일만 년이나 별반 다를 게 없다. 그리고 그의 삶이나 소설 속의 이야기나 크게 다르지 않다. 그러므로 내가 심 노인일 수도 있다. 그는 다른 시간 속으로 툭, 들어와버렸다. 우리는 모두 시간의 장난이므로.

30. 어디서 무엇이 되어

어지럽다. 모든 사물이 빙빙 돈다. 헛구역질이 일어나면 멈출 수가 없다. 왜 이렇게 토악질을 멈출 수 없지. 토기가 올라온다. 어, 아, 악 악 악 ……. 악몽 같은 말들이 아홉 개의 구멍에서 흘러내린다. 아니다. 말의 내장에서 온갖 잡내가 난다. 이 구토증은 어디에서 온 것인가.

알근달근한 애저녁, 시나브로 실구름이 지나가고, 어둠별이 어뜩 지나간 듯 우두망찰해 있다가 무언가에 웅숭깊어진다. 이내가 핀다. 몸 여기저기에서 경고등이 켜진다. 누군가 부르는 소리가 들린다. 나인가, 지니인가?

지니!
지니?
지니야!

지니는 없어. 내가 머릿속에서 만들어낸 환상 속의 그녀일 뿐이야. 아니야. 지니는 있어. 지니는 나의 병실이고, 내 트라우마야. 지니는 나의 분신이고 평행우주 속 나야. 지니는 내 꿈속의 연인이야.

지니!
나는 지금 네가 너무 간절해.

너는 삼각 김밥을 즐겼지. 닭 날개를 탐내고, 아메리카노 속에서 하루를 보냈지. 강이 보이는 언덕 카페에서 하루 치 생활을 커피로 번역했지. 커피스푼으로 떠내는 너의 일상은 까맸지. 까만 머리에 까만 커피에 까만 눈동자로 가맣게 하루를 색칠했지. 카페 룩스에 갔다가 카페 밤을 들러 커피쉬로 마무리했지. 세상을 까맣게 색칠하는 너는 나의 모든 밤이야. 나의 밤 속으로만 다니는 너는 커피 물고기.

지니, 나의 트라우마!
너는 나의 유년이고 학교이며, 나의 어머니이고 아버지야.

빤한 날이나 추적거리는 날이나 너의 호수가 내려다보이는 언덕에서, 나는 너를 즐기지. 나는 너이고 너는 나이므로.

너는 카페에 앉아 분장을 하지. 때로는 나로, 때로는 간호사로, 가끔은 아버지로, 어머니로. 너는 병실에 누워 있는 환자야. 너는 강박에 시달리는 몽유병자, 혹은 식물인간이지. 꿈으로 말하고 햇빛과 공기로 말하는, 언어 밖의 언어로 말하는 식물이야. 잠자는 메아리를 깨우려고 구름을 막대기로 건드리고 모닥불 같은 목소리로 시간의 문이란 문을 모두 열어 제쳐버리지. 이죽이죽 너의 웃음이 나뭇가지에 걸려 있어.

지니를 만난 그날을 잊을 수 없다. 내가 허망한 자위 질에 작은 죽음을 맛보고 있을 때였다. 휘슬러의 그림 속인 듯 세상은 온통 검은색이었다. 습관적 자위는 몽상적 죽음과 같다. 뜬금없는 구토에 시달렸다.

일테면, 지니는 아버지가 가출한 이후 극장에서 살았다. 태양 아래 얼굴을 내밀기 싫은 지니는 극장에 숨었다. 세상은 고통의 침대여서 극장의 어둠 속에 숨었다. 어둠이 보호막이었다. 〈엣지 오브 투모로우〉 속 톰 크루즈처럼 그녀는 날마다 죽었다. 죽음은 일상이었다. 오늘도 죽고 내일도 죽었다. 그 죽음의 한 토막에 내가 등장했다. 나는 그녀의 죽음 속에 있었다. 그녀가 그날의 죽음에서 나와 맞닥뜨렸다.

그녀에게 나는 부재한 아빠였을까. 그녀는 나에게 죽음을
길들이는 병실이었을까.

아빠!
아빠는 죽음 속에 있어.
아빠?
시간을 열어 재껴봐. 거기에 늙은 애벌레가 있어.

우리 둘은 어둠 속에 숨어든 한 쌍의 검은 개였다. 나는
그녀를 만난 순간 구토를 멈췄다. 그녀는 처음으로 미소를
되찾았다고 했다. 우리는 한 쌍의 바퀴벌레처럼 우리의 방으
로 찾아들었다. 그녀는 나에게서 아빠를 발견했고, 나는 그
녀에게서 잃어버린 보금자리를 느꼈다.

그녀는 나였고 나는 그녀였다.
나는 지니였고 지니는 나였다.

우리는 몽상이 만들어낸 한 쌍의 바퀴벌레였다. 나는 극
장의 어둠을 즐겼다. 그녀를 만나기 전까지만 해도 나는 말
을 더듬었고, 틱을 앓았고 헛구역질을 했다. 어깨를 들썩이

고, 단어 하나조차도 쉽게 발음하지 못했다. 정확한 단어를 찾지 못하고 그 주위를 맴돌았다. 단어를 정확하게 낚지 못하거나 배열을 잘못하여 단어를 건너뛰거나 문장을 어그러뜨렸다.

말에 블라인드가 쳐졌다. 모호함 속에서 문장은 제 갈 길을 갔다. 그럴수록 얼굴이 붉어지고 화가 나고 가슴이 두근거렸다. 히이잉, 말 울음소리가 아무 때나 머릿속을 달렸다. 다각다각, 말발굽 소리도 들렸다. 말은 정신 나간 컴퍼스처럼 뛰어다녔다. 그 말이 이 말인지 이 말이 그 말인지 섞여 울었다.

우리는 함께 김환기의 〈어디서 무엇이 되어 다시 만나랴〉를 보았다. 수많은 점, 별, 그리고 눈동자, 바다, 어부를 보았다. 수학적으로 잘 짜인 점들이었다. 그림을 보고 지니는 말했다.

보여!

수많은 눈동자가 보여. 목소리도 들려. 물고기들의 말, 사람들이 알아듣지 못하는 말소리가 들려. 뻐끔은 그래, 가 되고, 다시 그래, 는 당근이 돼. 비늘마다에 빛나는 햇빛의 얼룩들. 네모 물고기, 세모 물고기, 동그란 물고기, 그리고 달. 달이 바다 위로 서핑을 하고 있어. 우리는 어두운 바닷속 어느 물고기가 되어 다시 만날 수 있을까. 수많은 목소리의 향연이 펼쳐지는 바다에서 우리는 어떤 물고기가 될까. 물고기들은 별 하나와 같아. 달은 물고기를 키우지. 밤 속으로 크는 물고기는 달의 딸들이야. 그림 속의 집들이 보여. 바닷가에 다닥다닥, 옹기종기, 크렁크렁, 촬촬촬 붙어서 바다를 향한 바라기를 하는 담장이 있는 마당에 서 있는 눈동자들이 보여. 그 말소리가 들려. 우리 아빠는 달을 탈이라고 발음했어. 아빠는 탈이었어. 탈바가지. 달은 바가지거든.

오빠는 내 아빠야.
지니, 너는 나야.

지니는 우리가 다시 만나리라는 걸 알고 있었으리라. 나는 언제까지나 지니를 기다릴 테니까. 나는 언제나 지니와 함께야. 〈론도〉 속 한 여인을 기다려야겠다. 그녀와 나는 론도의 관계다.

지니의 얼굴과 검은 개가 오버랩된다. 나는 헛구역질을 목

안으로 넘기며 아무 말 없이 합죽이 웃는다. 지니가 따라 웃
는다. 〈론도〉 속 여인이 웃는다. 달이 허물어진다.

31. 폐위된 왕의 숲

옛날 옛적에 맙소사, 라고 불리는 다리가 있었는데, 그 다리를 건너면 짙은 초록의 숲이 있다. 그 숲에는 제위에서 쫓겨난 왕이 살았다. 한 번도 밖으로 나온 적이 없는 오두막 지붕으로 새들이 날아들었는데, 그 울음소리가 맙소사 어떻게 라고 들리기도 하고, 피카포추 피카포추 라고 들리기도 했다.

맙소사 어떻게 맙소사어떻게 맙소사 피카포추 피카포추 어떻게맙소사 어떻게 맙소사 어떻게 맙소사 피카포추 어떻게 피카포추 맙소사 어떻게 맙소사 어떻게 맙소사 피카포추 피카포추 어떻게 맙소사 어떻게맙소사 어떻게 맙소사피카포추 피카포추 어떻게맙소사어떻게맙소사피카포추어떻게맙소사 피카포추 어떻게

32. 시간의 웃음소리

너는 버려진 거야! 죽음의 계곡에서 허우적거리고 있는 거라고! 아무도 너를 구하지 못할 거야! 쏙쏙쏙 쓰르르 촉촉촉, 어엉어엉, 양양양양, 쿠르르 쿡 쿠르르 쿡. 울음은 울음을 부르고 어둠은 어둠을 만나면 힘이 세진다. 고양이 본드의 소리가 귀를 잡아당기면 또 다른 소리가 귀 속에서 자란다. 귀가 소리를 낳는다. 삶이 심장의 경계에서 빠져나가려하고 있다. 바람 소리였던 것 같은데 금세 고양이 울음으로바뀌고, 다시 쏙독새 소리인가 했는데 비둘기 소리가 되었다가 말테가 짖는 소리가 되더니 다시 지니가 부르는 소리로바뀐다.

지니를 만지고 싶다.

지니!

속이 울렁거린다. 그동안 삼켜버린 말들이 목을 타고 올라오나 보다. 다리가 후들후들 떨린다. 더 힘껏 삼켜야 해.

째깍째깍, 째르르 깍, 이건 시간의 웃음소리야.

토하고 싶다. 실컷 토하면 나아질 것 같다. 손가락을 입에 넣어보자. 손가락을 먹는 거야. 아냐, 손가락은 거짓말쟁이야. 나를 놀릴 거야. 모든 것을 토하고 나면 괜찮아질지 몰라. 그러고 나면 시간 위에 올라설 수 있을 거야. 저놈의 시계를 잡아먹어 버릴 거야. 시간은 결코 나의 편인 적이 없었어. 나는 뇌막염에 걸린 거야. 나는 식물이 되고 싶었어.

언어 주스를 마셔 마음을 가라앉히자.

울퉁불퉁한 빨강이 파란 목소리로 울고 싶을 때 헤헤헤 헤설픈 입술이 미사일 에미넴을 쏘아 올려 프시케는 말을 잃고, 주인 잃은 구두가 온몸을 기어 다니는 목이 긴 오후 분노할 줄 모르는 물방울에서 뚝, 뚝, 뚝, 앙토넹, 앙토넹, 앙토넹 아르토, 12몽키즈 아르토, 찐득찐득 의뭉한 파랑에서 초록이 무너지는 오랑캐꽃 피는 소리로 어머니가 솟아올라 진하게 빤히 바라보는 손말명, 민틋하다. 피카소는 싫어, 절대 싫어. 클로드 로랭의 그림 속에 들고 싶어.

나는 식물이었던 적이 있다. 식물이고 싶었던 적이 있다. 나는 식물이 되어야겠다. 나도 모르게 식물이었던 때가 있다. 식물일 수 있었으면 하던 때가 있다. 식물의 꿈을 꾼 적이 있다. 식물의 꿈은 몇백 년도 된다. 강처럼 한없이 흐르고, 산처럼 끝없이 높아진다. 식물처럼 한 곳에 뿌리 내린 적이 있다. 식물의 목소리로 바람을 부른 적이 있고, 식물의 입으로 물을 마신 적도 있다. 식물의 수많은 목소리들.

언어가 나를 자꾸 비껴가서 내가 할 수 있는 말이 없다. 나는 나를 말하지 못하고 있다. 언어는 나와 상관없이 제 혼자서 장난을 친다. 언어는 어떤 것도 정확히 표현하지 못하고 금세 환각으로 흐른다. 시간의 다른 이름이다. 내가 나인 척하는 것도 모두 언어 탓이다. 내 안에는 내가 없다.

밤새 잠을 이룰 수 없어 환각에 빠지면 나는 고양이 본드의 목소리를 따라 어디까지 가곤 한다. 한 집 한 집, 꽃들이 수묵화로 핀 골목을 지나고, 머쓱한 대문들이 바보처럼 히죽이는 골목을 빠져나가는 목소리를 따라가면 너는 아무도 없는 숲에서 옷을 벗고 있다. 나에게 손짓하는 너의 머리칼이 영화의 한 장면처럼 프레임에 고정되면, 나는 사자처럼 포효하며 너에게 달려든다. 너는 나의 애완용 고양이. 뭉근하게 끌어안으면 너는 빠져나가고 숲속에 덩그마니 홀로서 있다. 채워지지 않는 욕망 때문이다. 어떤 말로도 채워지지 않는 이 욕망은 나의 전부다. 나는 욕망 덩어리다. 클로드 로랭의 원시적 숲에 들어앉아 있고 싶다. 거기에서 자라는 나무가 되고 싶다.

환각에 시달리고 나면 죽음에 이를 것만 같다. 환각은 죽음보다 더 깊다. 죽음을 간절히 바란다. 이러한 상태는 죽음보다 못하다. 나는 다른 행성으로 날아가야 해. 아무도 나를 찾을 수 없는 곳으로.

병실이었다. 환각에 시달리다 아무것도 먹지 못하고 물만 겨우 삼키고 있었다. 머릿속으로는 불과 물이 들락거리며 나를 지치게 했다. 성욕만큼은 죽지 않았다. 걸을 수조차도 없는 몸에서 유일하게 살아 꿈틀거리는 욕망, 너는 살아 있어, 나 봐! 바지 속에서 소리치고 있었다. 나는 더럭 겁이 났다. 누가 나인가? 성기가 나인가, 내 몸이 나인가, 내 마음이 나인가. 나는 변별할 수 없었다. 소독내 나는 병실 시트 속에서 상상 속 손빨래를 열심히 했지만 욕망은 채워지지 않았다. 나의 지니를 떠올리며 열심히 흔들었다. 그때 지니는 나의 여인이 되었다. 환각 속의 그대여, 나는 그대의 신음을 듣고 싶다. 실재와 실재 아님은 결코 차이가 없다. 눈에 보이면 실재하는 것이고 눈에 보이지 않으면 실재하지 않는다. 나는 어디에 있건 어느 시간 속에 있건 지니를 불러낼 수 있다. 물론 그때그때 기분에 따라 지니는 밝게 나타나기도 하고 모른 체하며 시치미를 떼기도 한다. 환각 속의 그대여, 나는 지금 환청에 시달리고 있다. 보이지도 않는 고양이 울음소리에 시달리고 있다.

나는 무의식이다. 실재란 환각, 시간의 장난이다.

면도날이 말한다. 사각사각~
속사포가 터진다. 타, 콰르콰콰콰 따따따딴따르르르~
피치카토, 손가락이 현 위를 걷는다. 숲길을 따라 끝없이.

나는 죽었다. 나는 살아 있다. 살아 있을까 죽었을까. 현재의 시간을 잃어버렸으므로 분명 살아 있다고 할 수 없다. 그렇다면 이 글을 쓰고 있는 지금은 어느 시간 속의 웃음소리인가. 시간은 멈추지 않는데 나는 어느 시간 속에다 문자를 끼적거리고 있는가. 그 문자는 뜻을 잃어버리고 자꾸 분절되어간다.

33. 여행

알 수 없는 불덩어리가 온몸을 휘저었다. 보이는 곳 여기 저기에 구두점들이 찍히고, 그 구두점들은 계속 늘어나고, 커졌다. 나는 눈물도 없이 울기만 했다. 악몽에 시달리다 나는 상상 속으로 지니를 데리고 여행을 떠났다.

지니, 나를 아무도 없는 곳으로 데려가 줘.

목적 없는 여행을 해야 해.

혼자서?

같이 가면 안 돼?

내가 같이 가면 현실을 끌고 가는 거야. 나는 오빠의 모든 현재잖아.

네가 없으면 불안할 것 같아.

처음에만 그럴 거야.

돌이킬 수 없는 불안에 빠지면 어떻게 해. 나는 너에게 절 대적으로 기대고 있잖아. 나는 그냥 식물일 뿐이야.

이 세상에서 처음 태어나 아는 사람이 아무도 없다고 생각해봐. 환각은 불안에서 오는 거야. 그 불안은 현재를 지키려는 데서 온다, K 박사가 그랬잖아. 모든 것을 내려놓으라고.

수없이 해봤잖아. 안 된다는 건 너도 알잖아.

그래서 떠나라는 거야. 현재에서 떠나. 현재의 시간과 공간에서 떠나면 새로운 인생을 만나게 돼. 그러면 새로 태어나게 될 거야. 그곳에서 자신을 기록해봐. 기록한다는 것은 자신의 근원을 찾아가는 일이야.

나는 지니를 끌고 여행을 떠났다. 지니가 없는 여행지에서 혼자 죽고 싶지 않았다. 지니는 나의 전부다. 지니가 곁에 없다는 것은 상상하기 싫다. 우리가 도착한 곳은 바닷가 조그만 마을이었다. 십여 채 되는 마을에 도착한 우리는 어부들의 고깃배를 타 보기도 하고, 놀라지도 않는 바닷새들과 장난을 쳐보기도 하고, 모래사장에서 서로 안고 뒹굴기도 했다. 차가운 바닷물에서도 지니의 입술은 뜨거웠고, 몸은 벨벳보다 부드러웠다. 지니는 바다를 바라보며 노래를 불렀다.

날 아직 어리다고
말하던 얄미운 욕심쟁이가
오늘은 웬일인지

사랑해 하며 키스해주었네
얼굴은 빨개지고
놀란 눈은 커다래지고
떨리는 내 입술은
빨간 파도 같아

파도가 우리의 몸을 덮었다. 그녀의 입술은 물속에서 더
뜨겁게 불탔다. 내 혀는 그녀의 입속에서 뱀처럼 헤엄쳤다.
파도의 손으로 그녀의 샅을 만졌다. 뜨거웠다.

할까!

그녀는 고개를 저었다.

이따 밤에.

갈증이 몰려왔다. 시간은 금방 지나갔고 내 안의 검은 개
는 고개를 쳐들었다. 나는 아무 때나 화를 내고, 불안하면
지니에게 욕을 해대며 괴롭혔다. 시도 때도 없이 섹스를 요
구하고, 목소리가 맘에 안 든다고 떠나버리라고 소리 질렀
다. 행동 하나하나, 표정 하나하나마다 트집을 잡았다. 그
녀의 등에 있는 나비 문신을 누가 해줬는지 집요하게 따졌
다. 그리고 술을 마셨다. 폭음으로 머리는 어지러워졌고, 갈

증은 더욱 심해졌다.

여행에서 돌아오는 내내 우리는 한마디 말도 하지 않았다. 기차가 철커덕거리는 소리만이 우리들 사이에서 개 짖는 소리처럼 뛰놀았다. 침묵은 모든 말의 처음이며 끝이다. 개 짖는 소리 사이사이에 침묵이 긴 꼬리를 달고 내 주변을 맴돌았다.

여행지에서 돌아온 후 지니를 만나지 못했다. 나는 철저히 혼자가 되었다. 내가 여행을 가기나 한 건가. 나는 K 박사의 포로가 되었다. K 박사는 내가 깊은 우물에 빠져 있다고 했다. 그 우물에서 나오라고 했다. 우물에 오래 갇혀 있으면 익사할 수 있다고 했다.

필립로스는쿠팡했어요♬◈톡☖∀포르☎¿노@삐딱선◑Π;덴뿌라해요▨슙쟐Σ늑나는멸종위기종이에요

혼자 우물 속에 있으면 안 돼요. 그 우물은 동굴과 같아서 스스로의 말밖에 들리지 않는 곳이에요. 그 우물에서 고개를 드세요. 우물 밖에는 맑은 공기와 나무와 새들이 있어요.

우물에 비치는 자신의 얼굴만 보지 마세요. 우물 안에서 들리는 목소리는 자신의 것이에요. 남의 목소리는 들리지 않아요. 언어가 비뚤어져 있어요. 말이 턱없이 왜곡되어 있어요. 이러다가 실어증을 일으키고 강박에 시달릴 수 있어요. 그러면 식물인간이 될 수도 있어요.

　나는 한 마디도 알아듣지 못했다.
　우물과 동굴.
　나는 어떤 우물에 갇혀 있는가. 폐우물, 묻힌 우물, 우물의 환상, 두레박이 첨벙이는 우물, 한집안에 있는 우물, 공동 우물, 물방울 속 우물, 눈 속의 우물, 목구멍 깊은 우우우우물물물우우우……
　그 우물의 깊이는 얼마나 될까, 우물이 비추는 하늘은 얼마나 넓을까. 우물에서도 파도는 칠까.
　K 박사의 말이 울린다.
　실어증에 걸리면 돌이킬 수 없어요!

　그런데 K 박사는 누구지?

　내가 찾아야 할 언어는 꽉 찬 말일까 텅 빈 말일까.

검은 개의 언어는 무엇일까.

누구나 자신의 삶인 현재 여기의 언어를 여행 중이다.

34. 나비 문신

자신이 살구나무라고 믿었던 지니, 그녀의 허벅지에서 나비가 날아오른다.

나비가 방안 가득 찬다.

방문을 열고 나가 하늘로 날아올라 별들 사이를 헤엄친다.

검은 날갯짓……

밤하늘의 별들에서는 나비의 비명이 검다.

35. 우산 여자

나는 당신을 절대 안 볼 거예요. 날 다시는 찾지 말아요. 죽어도 만나주지 않을 거예요. 새로운 남자가 생겼단 말예요. 내가 그렇게 만만해 보여요? 나 그렇게 우스운 여자 아니에요.

여자는 언제나 누군가와 얘기를 한다.

나 한가한 사람 아니에요. 그이를 만나러 가는 중이니까 방해하지 말아요. 그 사람이 보면 가만 안 둘 거예요.

보셨군요. 어때요, 나한테 얼마나 잘해준다고요. 흐흐흥.

그녀는 언제나 우산을 들고 나타난다. 얼굴에는 마스크를 쓰고 손에는 흰 장갑을 끼고. 알록달록한 우산 속에서 혼잣말을 하는 그녀를 본 사람들은 그녀가 폰으로 전화 통화를 하고 있다고 생각한다. 하지만 그녀는 폰이 없다. 폰을 써본 적도 없다. 그녀에게 전화를 걸어올 사람이 이미 없기 때문에 그녀에게는 폰이 필요 없다. 집 전화조차도 없앤 지 오래다.

그녀는 색깔 있는 하이힐에 원피스를 입고 나타난다. 그녀의 우산은 깊다. 차일처럼 우산을 깊이 눌러쓰고 쉼 없이 누군가와 말을 주고받는다. 가끔은 누군가와 옥신각신 말다툼을 한다.

그렇게 괴롭히면 신고할 거예요. 절대 가만히 있지 않을 거예요. 당신에게 이제 정떨어졌단 말이에요.

다시는 어떤 선물도 보내지 마세요. 그런다고 내 마음이 바뀌지 않아요.

남의 앞길 망칠 일 있어요? 왜 그렇게 찰거머리 같아요!

끊어요! 전화번호 바꿔버릴 거예요.

그녀의 얼굴을 제대로 본 사람은 별로 없다. 그녀는 언제나 우산 속으로만 다니기 때문이다. 봄이나 여름이나 가을 겨울, 하루도 빠짐없이 그녀는 우산 속으로만 걷는다. 우산은 그녀의 얼굴이며, 옷이고 명함이며, 자가용이고 사무실이다. 그녀가 우산을 깊이 쓰고 저만치 나타나면 사람들은 그녀의 우산 속 업무가 바쁘다는 걸 안다. 그런데 사람들은 그 우산 속 사무실에서는 쉽지 않은 일이 많다는 것만 이해할 뿐이다. 그녀가 무슨 일 때문에 그렇게 옥신각신하는지는 아무도 모른다. 하지만 자세히 들어보면 어떤 남자가 그녀를 만나자며 괴롭히고 있다.

정작 그녀의 집을 방문하는 사람은 아무도 없다. 개 한 마리도 그녀를 찾지 않는다. 하지만 그녀는 날마다 누군가와 이별을 한다. 그것도 헤어지고 싶어 하지 않는 남자와 이별을 한다. 남자들은 그녀를 괴롭힌다. 그녀는 그런 남자들을 떼어내기 위해서 우산 속에서 싸운다. 우산은 그녀의 방패막이이면서 감옥이다. 그녀는 우산 속에서만 남자를 만나고 헤어진다.

한번은 어떤 남자가 만나주지 않으면 죽이겠다고 협박한다면서 경찰서에 신고까지 한 적이 있다.

아저씨, 살려줘요!

김 순경은 긴장했다. 당직 경찰은 후다닥 일어나 밖으로 나갔다. 그러나 밖에는 아무도 없었다.

어디 있어요?

금방 제 뒤를 따라오며 괴롭혔어요.

김 순경이 다시 밖으로 나가 한참을 여기저기 둘러보았으나 개미 새끼 한 마리 보이지 않았다.

앉아보세요. 어디서 어떻게 했어요?

그게 문제에요? 빨리 그 사람을 잡아줘요. 저 집에 가야 한단 말이에요. 집에까지 쫓아온단 말이에요.

김 순경은 그녀를 집에까지 바래다주었다. 그녀가 마스크로 얼굴을 온통 가리고 있어서 김 순경도 그녀의 얼굴을 제대로 보지 못했다.

여자는 날마다 누군가와 헤어진다. 사랑하는 남자와 헤어지기도 하고, 어머니나 동생, 오빠하고도 관계를 끊는다. 그녀는 다른 사람들에게 끊임없이 괴롭힘을 당한다. 그것도 우산 속에서다. 우산은 그녀의 세계고 시간이다. 또한 우산은 그녀의 우주이며, 타자와 맺은 관계의 틀이다. '우산 섹스'라는 말이 있지만 그 말은 그녀에게는 해당되지 않는다. 그녀는 이성과 헤어진다. 그녀는 동성애를 경멸한다. 이성도 우산 속에서만 만난다. 우산 속에서만이 안전하기 때문이다. 우산은 그녀의 보호막이다. 우산 없이 집 밖을 나간다는 것은 그녀에게는 상상할 수 없는 일이다.

우산 속에서 남자와 헤어지는 그녀에 대해서 사람들은 다음과 같이 추측했다. 그녀는 한 남자를 사랑했다. 그 사랑은 목숨 같았다. 그 남자도 그녀를 사랑했다. 하지만 사랑은 끊임없이 움직인다. 사랑이 떠난 뒤로 그녀는 우산 속으로 숨었다. 그녀는 우산 밖의 세상을 버렸다. 우산 속에서만 그녀는 안전하다. 우산 손잡이와 우산 살, 알록달록한 천에 비치는 무늬 속에서 세상과 소통했다. 우산 속에는 그녀의 남자가 아직 있다. 그녀는 그 남자와 날마다 헤어진다.

그녀의 귀에 꽂힌 이어폰에서는 바그너의 〈방황하는 네덜란드인〉이 연주 중이다. 그녀는 마른 비가 내리는 세상 속 어디쯤 가고 있을까, 풍랑은 얼마나 치고 있을까, 저만치 해안은 보이기나 할까?

그녀는 자신의 발자국 소리 때문에 깜짝깜짝 놀란다.

사랑은 나로부터의 도망이다.
우산 여자는 누구를 떠나보내지 못하고 있을까.

36. 나는 누구인가

'깜냥껏'이 나를 빤히 쳐다본다. '빙충맞다'였나, '흠칫'이었나. 내 주위를 떠돌며 나쁜 짓을 하는 더러운 뜬 것들!
등신들!
짚 강아지들!
백양사 수산 스님은 말했다. "얘야, 고양이를 안고 자라."
그 고양이는 무명 고양이다. 이름이라도 지어주실 것이지.

나는 다 팔 거다. 내 눈도, 손가락도, 발목도, 머리칼도, 배꼽도, 심장도…… 나를 황매 한 송이와 바꾸고 싶다.
액셀을 밟아, 2단, 3단, 100단……
내 하루는 일 년보다 길다.

나는 번호가 달아나버린 휴대폰에 대고 속이 시원해지도록 까치처럼 맘껏 시부렁거린다. 파리가 관광객처럼 나를 기웃거린다. 문밖 발소리들이 울퉁불퉁하다. 인형들이다. 인형의 꿈들이 내 하루를 배회한다.

침묵은 가구다.

침묵은 침묵을 낳고, 또 침묵을 낳고, 그 침묵은 다시 침묵을 낳아 빵, 하고 터진다. 그러면 세상은 블랙홀에 빠진다.

나는 우주인이 되고 싶었다. 중력을 거부하고 별에서 별로 날아다니고 싶었다. 별들 사이를 이웃집 드나들 듯 날아다니면 나에게도 꼬리가 생기겠지.

지니, 창밖 나무들이 나를 번역하고 있어. 나를 바람으로 가두고 있다고. 나는 한 번도 나인 척 한 적이 없는데, 누군가 나를 염탐하고 있다고. 아침 태양은 나를 찾아내려고 창문을 기웃거리고, 옆집에서 새어 나오는 음악은 염탐꾼의 거미줄이다.

방안의 사물들이 발기한다. 키를 키우는 옷걸이가 뒷짐을 지고 왔다 갔다 하고, 읽은 적 없는 책들이 이누이트 언어로 시부렁거린다.

여기는 모르도르, 고담이다.

죽은 이가 아무 데서나 끙끙거리고, 목소리 잃은 군인이 창문을 흔들어댄다.

멜론, 나를 구해줘!

호타루, 너는 어느 나라의 언어냐.

나는 이름이 여럿이다. 성경이나 불경을 뒤져보면 내 이름이 있다. 아무 이름이나 대봐. 그게 내 이름이야.

결국은 마침내고, 마침내는 맥도날드이고, 치킨은 정치이고 사업이다. 오늘 나는 소음 속을 질주할 거다. 머릿속에서 누군가 액셀, 액셀, 액셀을 밟는다.

카운트, 카운트, 카운트다운!

나는 고글을 쓴 침팬지다.

머릿속에 네가 가득해. 네가 나에게 잠입한 거지. 내가 지니를 올라탔기 때문이다. 나는 지니를 올라탔다. 지니는 말테를 올라탔다. 말테는 할머니를 올라탔다. 할머니는 나를 올라탔다. 성기는 성냈다가 일그러지고 구겨지고 울었다. 나는 말테를 올라타고 말테는 지니를 올라타고 지니 위로 구름과 바람과 별이 누웠다. 지니는 나이고 할머니이고 말테다.

지니의 팬티는 분홍이다. 하양이다. 분홍이다. 알록달록

하다. 검다. 지니가 나의 모국어인 것처럼.

깜깜하고 절뚝이는 눈은 길을 잃어버리고 시간 밖의 신문에서 한글 자모를 낚시질한다. 보석 같은 자모를 찾으려면 모국어의 연못에 수십 개의 낚시를 드리워야 한다. 어둠이 울퉁불퉁해질 때까지 달을 갉아먹으려 수면 위로 올라오는 것들을 낚아채야 한다. 아직 체온이 남아 있는 말들을 찾아야 한다.

현기증 나는 말, 새처럼 우는 말, 식물의 이파리에서 건져 올린 말, 어죽은 걸음으로 변한 눈을 하고 오는 말들, 빌리 할러데이의 목소리처럼 헤설프고 민듯하기도 하고 개끄럽다. 맥주 거품처럼 시대를 신음하는 말이다; 무무하고 들쩍지근하고 어렴풋이 간살부리면, 흠칫, 얼굴을 되작이다가 버둥버둥 너덜너덜 눅어가고 들큼한 5W의 목소리가 꼬불꼬불, 내 안을 맴돈다.

내 안에 사는 너는 누구냐?

뱀 한 마리가 지나갔다. 한 마리는 두 마리가 되고, 두 마리는 다시 다섯 마리가 되고, 다섯 마리는 열 마리 스무 마리가 된다. 쥐를 잡아먹은 뱀은 똬리를 튼 채 몸 깊숙이 들어앉는다. 뱀에게서 덩굴이 자란다. 덩굴은 웅성웅성 내 귀를 뚫고 콧속으로 들어가 핏줄로 뻗는다. 핏줄이 붉은 말로 웅얼거린다. 알아들을 수 없는 말을 뱉는 핏줄이 나를 칭칭 감는다. 고개를 들 수도 팔을 올릴 수도 없다. 나는 뱀이다. 담쟁이덩굴이다. 손길이다. 알아들을 수 없는 말[言]의 팔이 나를 칭칭 감는다.

나는 너덜너덜하다.

지니는 나를 소비했다. 나는 지니를 욕망했다. 나는 병실 속의 지니다.

나는 나 자신을 찾을 수가 없어. 네가 나인지 내가 너인지 알 수가 없어. 나는 자주 네 꿈속을 더듬어. 네 다리가 칭칭 감고 있는 뱀 꿈이야. 너는 뱀이야. 나를 감고 있는 뱀. 뱀은 긴 혀를 갖고 있지. 그 혀에서는 알아들을 수 없는 수많은 언어가 넝쿨 지지. 혀로 꾸는 꿈, 혀로 말아 올리는 꿈, 몇백 시간이고 꿀 수 있는 꿈이지.
지니, 너는 누구냐?

내 병실 옆 침대에 누워 있는, 조울증에 시달리는 암캐냐. 식판을 엎어버리고 고래고래 소리를 질렀던 불덩어리냐. 깊은 밤 내 시트를 덮어주며 나를 껴안아 주던 솜사탕? 내 눈 속에 사는 작은 꽃다발아!

나는 누구인가?

나의 과거가 나인가, 현재의 내가 나인가, 아니면 앞으로 올 내가 나인가, 죽고 나서의 내가 나인가. 나는 누군가의 과거를 닮았다. 나는 너도 아니고 나도 아니다. 그렇다고 그도 그녀도 아니다.

37. 종이방

한 아이가 까만 종이가방을 들고 좌표 X에서 서성인다.
가방은 까만 방이다. 거미들이 가득한 방이다. 범죄의 숲인
가. 가방에는 비가 가득 들어찼다.

비가 새면 안 돼!

아이는 가방을 끌어안고 동동거린다. 가방에서 눈들이 깜
박거린다.

눈을 뜰 수가 없어.

심장이 팔딱거린다. 까만 종이가방에서 하얀 코끼리들이
쏟아진다. 코끼리들은 절뚝거린다. 코끼리들은 절뚝거리며
다른 종이가방으로 들어간다. 거미들이 코끼리 떼를 몰고
간다.

꽃은 어디에서 피지. 코끼리들이 먹을 수 있게 꽃나무를
심어야 해.

거울 틈에서 아버지 눈이 웃고 있다. 어머니 눈은 천장에
걸려 금방이라도 파열될 것만 같다.

엄마, 눈이 위험해요. 아빠를 쳐다보지 말아요. 아빠 눈은

164

거짓말이에요. 얼른 눈을 비우세요.

한 송이 침묵인 듯 죽은 어머니 눈이 천장에서 꼼짝도 하지 않는다. 눈이 눈과 싸움을 하면 눈은 점, 선 위에서 바르르 떤다.

엄마, 눈에다 꽃을 심어요. 코끼리들이 모이게 하세요.

거짓말 같은 눈에서 방울 소리가 흘러요. 눈은 강물이고 바람이고 목소리에요. 소리 없는 신호등이에요. 눈에 색을 입히세요.

한 송이 침묵이 꿈틀한다.

그림자 인간들이 그림자놀이를 하는 도시에서 그림자 건물 속 그림자 생활을 한다. 나는 누군가의 그림자다. 그 누군가를 충실히 본뜨려고 하지만 내 그림자는 기하학을 이해하지 못한다.

범벅이 된 그림자들.

그림자 속에서 또 다른 그림자들이 엉기고 엇갈리고 뒤섞인다.

방은 종이로 되어 있다. 조금만 움직여도 바스락 소리를 내며 공기를 흔들어 깨운다.

엄마, 종이로 만든 가방에서 코끼리 떼가 아우성이에요. 코끼리를 길들이려면 꽃이 필요해요.

귀신 놀이를 하는 무녀가 있었다. 열일곱 살이었다. 무녀의 방은 온갖 신을 모시고 있었다. 중얼중얼, 손을 비비며 기도를 끝내고 자신의 몸을 탐했다. 무당은 보이지 않는 누군가와 싸움하듯이 혼자서 몸을 비틀었다. 그녀는 신과 싸움하는지 사랑을 나누는지 격렬하게 몸을 흔들어대며 신음을 토했다. 온갖 귀(鬼)와 신과 뜬 것들이 모두 그녀의 몸속을 달리는 듯했다. 그녀는 죽은 이들이 아우성을 치는 소리를 들었다. 그리고 그녀는 온몸이 늘어진 채 한참을 죽어 있었다. 종이꽃들이 흔들리며 방을 종이 노래로 채웠다. 귀신의 사랑놀음이었다. 죽음이 왔다 갔다. 죽은 것들, 뜬 것들이 방을 채웠다.

너는 과거에서 온 우리들의 심부름꾼이야.

종이로 만든 방에서 종이 사랑을 나누면 종이 무녀는 종이비행기보다 멀리 우주를 날 수 있다. 종이는 늘 꿈을 꾸니까.

물귀신을 모신 무녀가 있었다.

죽은 비둘기를 신으로 모신 무녀가 있었다.

목 잘린 토끼를 모시는 무녀가 있었다.

버려진 장난감 로봇을 모시는 무녀가 있었다.

나는 무녀가 모신 종이 인간이다.

사랑은 변태가 되었고, 표정을 가진 여자는 무서웠다. 나는 꿈속의 한 여자가 필요했다.

지니는 무녀다. 나의 종이 여자다.

난 내 짝꿍의 이모를 사랑했다. 여자 선생님을 사랑했다. 절름발이 여자를 사랑했다. 친구 할머니를 사랑했다. 여자는 나의 도피처였다. 하지만 어떤 여자도 나를 사랑하지 않았다. 나는 그림자 인간이므로 아무도 나를 만질 수 없다. 나는 변태다. 나는 오쟁이 진 남자다. 나는 구겨지고 불태워진다.

나는 플라톤의 동굴 속에서 내 그림자만을 바라보고 있다. 그 동굴에서 도망갈 수 있는 방법은 방을 까맣게 색칠하는 것뿐이다.

까만 방. 까맣게 불탄 방. 종이 방. 유랑하는 방. 죽음이 농담을 던지는 방.

이 방에서는 길을 잃는다. 길을 잃지 않고는 이 방에서 생활할 수 없다. 아무 데서나 소독내가 퍼져 있는 방. 목소리를 죽인 방.

가방은 움직이는 방이다.

방은 우주의 중심이다. 도망자들의 행성이다. 방은 우주의 어느 지점, 시간을 통과 중이다.

나는 누군가의 그림자다. 그 누군가는 내 밖에 있다. 내 방 밖, 내 행성 밖에 있다. 내 의식이 한 번만 살짝 다른 곳을 바라보기만 해도 그는 거기에 있다. 누군가는 나이고, 나는 누군가다. 누군가가 누군가의 그림자로 살아가면 누군가는 내가 되고 네가 된다. 누군가는 모든 사람이므로.

어떤 식물인간이 낳은 아이가 있었다. 그 아이를 돌봐줄 이가 아무도 없었으므로 그 아이도 식물인간이 되었다. 아이는 식물과 말을 하고 식물의 이파리처럼 머리카락의 언어를 쓰고, 눈동자의 색깔로 말을 걸기도 했다.

지니는 거짓말밖에 들어 있지 않은 내 머릿속에 살림을 차렸다.

38. 옥조

머릿속으로 정주와 혜주가 떠돈다. 스무 살이 되기 전에 쓴 습작 소설 속 인물들이다. 제목은 「피아노 맨」이었다. 그 한 대목을 펼쳐보겠다.

정주는 열일곱에 위험에 빠졌다. 누구도 건져줄 수 없는 그만의 위험지대에 갇혔다. 그는 자신의 할머니와 잤다. 기욱은 눈치를 챘으나 모른 척했다. 기욱은 정주의 눈치를 봤다. 그가 얘기해주면 어떻게 반응해야 할지 걱정스러웠다.

그의 여동생 혜주가 심각한 얼굴을 하고 찾아왔다.

오빠, 알고 있었어?

뭘?

정주 오빠 말이야.

정주 뭐?

기욱은 불안했다. 그가 알고 있는 걸 얘기해버릴까 봐 가슴이 뛰었다. 도망가고 싶었다.

할머니 말이야.

......

나쁜 새끼. 개 같은 새끼. 걸레 새끼……. 죽여버릴 거야.
그 새끼 때문에 집에 못 들어가겠어. 너무 더러워. 오빠, 나
하고 하고 싶다고 했지. 해줄 테니까 우리 오빠 죽여줄래.

미쳤냐. 똑바로 알지도 못하고 헛소리하지 마.

혜주가 그를 노려보았다.

할 거야 말 거야. 나 이렇게 못 살아. 집에 못 들어간다고.
그녀는 울고 있었다.

혜주가 가출을 했다. 그리고 얼마 후 정주도 가출을 했다.
세 식구 자취방에 할머니만 남았다. 할머니는 말했다. 자위
를 너무 해서 애가 불쌍해 동정을 떼주고 싶었어. 할머니는
미쳐버렸다. 기욱을 보면 정주야, 이리 와, 끌어안았다. 기
욱은 도망쳤다. 그는 정주네 집에 가지 못했다. 할머니의 뜨
거운 입김이 그를 옭아맸기 때문이었다.

정주는 객지를 떠돌다 자살했고, 혜주는 창녀가 됐다. 할
머니는 방에 불을 피우고 죽었다.

10년이 지났다. 기욱만 남았다. 정주 자취방에는 피아노
가 한 대 있었다. 영창피아노였다. 그는 피아노 악몽을 꾸었
다. 꿈속에서 피아노가 성을 냈다. 피아노는 비이잉, 소리를
치며 그의 꿈에 난도질을 했다.

너는 죄인이야! 너만 멀쩡하잖아.

피아노는 그의 꿈을 연주했고, 그의 머릿속을 점령했다.

너는 정주를 버렸어. 할머니하고 하고 싶었지? 다 알아. 네가 정주를 버렸어. 혜주를 찾아. 혜주는 아직 너를 기다리고 있어.

그는 피아노 꿈을 꾸지 않은 적이 없었다. 옥타브 너머의 도, 도, 도, 그리고 갑자기 초음파의 도 도 도…….

기욱의 아침은 기진맥진, 물먹은 창호지처럼 후줄근했다. 결국 그도 가출을 감행했고, 방랑하는 편지처럼 수취인을 찾지 못하고 읍내 창녀촌을 전전했다. 열아홉에서 시작한 창녀촌 기행은 몇 년이나 이어졌다. 혜주는 어디에서도 찾을 수 없었다. 그의 하루는 일 년보다 길었고, 어둠은 빛보다 친근했다. 그의 불안은 한없이 자랐고, 그는 자신을 부정했다. 그는 자신을 경멸했다. 그리고 밤마다 용두질을 했다. 허연 쌀뜨물이 나오지 않을 때까지 몸에서 물을 뺐다. 피아노 꿈을 꾸지 않기 위해서 그는 자학했다.

그 소설을 쓰던 때 보이는 모든 것은 울퉁불퉁했다.

세상은 음표로 되어 있다. 방이며 길이며 눈이며 비, 태양, 목소리, 얼굴…… 모두 음표로 되어 있다. 그 음표들은 밤이 되면 내 꿈속 피아노 위에서 튀었다. 나는 나를 버리지 않고는 살 수 없었다. 나다운 것이 없어야 했다. 이름을 많이 갖고, 성별도 여럿이어야 했으며, 엄마가 되었다가 아빠가 되었다가, 죽은 이름 속에 숨었다.

이때부터 복용한 약이 러미날, 타미풀루다. 노상 감기를 달고 살았고, 편도선이 나를 알아보고 반가워했다. 타미플루는 나의 일기장을 몽롱하게 떡칠했고, 러미날은 나를 잠재웠다. 나는 고담 시의 주민인 양 어둠 속으로만 다녔다. 기침은 내 언어였고, 가래침은 내가 쓴 노트, 키에르케고르는 나의 지휘자였다.

그렇게 어두운 터널을 통과하다가 만난 게 피에르 보나르의 〈욕조〉다. 보나르는 정신이 이상한 자신의 부인을 그렸다. 그는 그녀의 늙은 몸을 젊게 그렸다. 죽은 마르트의 욕실을 쓸쓸히 바라보며 꿈속을 떠다녔다. 그 욕실 거울 속에 비친 자화상도 함께 그렸다.

욕조, 그것은 관이었다. 욕조는 그리움의 관이었다. 욕실은 아직도 과거를 가둬놓는 방이었다.

나는 욕조 속에 들어가 있으면 마음이 편하다. 피에르 보나르가 내 몸에 붓질을 하고 있는 걸 느낀다. 나는 눈을 감고 자신이 마르트가 된 듯한 환상에 빠져 몸에 색을 입히듯 물을 끼었고 세필로 부드럽게 문질렀다.

　몸에 빛이 무늬 진다.

　알록달록, 옹알이하는 빛!

　오직 빛.

　나도 보나르처럼 나비파가 되고 싶다. 나는 보나르다. 나는 마르트다.

39. 저쪽

45번, 다른 곳으로 옮겨야 하는 거 아냐.

보호자도 거의 오지 않습니다.

숨은 붙어 있는 거지.

예.

맥은 잡히는가.

가늘게요.

시체구만.

약은 주사로 주입하고 있어요.

연명이구먼.

…….

환각제 너무 남용하지 마.

45번, 그건 내 번호가 아냐. 내가 헛소리를 듣고 있는 거야. 여기는 어디이지. 나는 누구이고, 저 사람들은 나와 무슨 관계가 있지. 말을 하자 말을 해야 한다. 아니 일어나야 한다. 일어나서 손짓이라도 해야 한다. 저들은 나를 죽이리

라. 나를 검은 비닐봉지에 넣어 쓰레기차에 던져버리겠지. 난 살아 있다고 말해야 해. 그런데 머릿속을 어지럽히는 이 이름들은 무엇인가.

프로작, 벤조다이아제핀, 웰부트린, 이팩사, 루미날, 타미플루, 리보트릴, 졸피뎀, 리탈린, 스틸녹스, LSD, ⋯⋯.

약에는 반응해요?

어느 날은 아무 표정이 없다가 아주 해맑아지기도 하고, 입을 다시는 것 같기도 해요. 약을 바꿔보면 어떨까요. 근육 강화제나 욕망을 일으키는 약이요.

⋯⋯

의사들은 모두 돌팔이다. 그들은 나를 모른다. 나는 절대 죽지 않는다. 나는 그냥 내가 되고 싶지 않을 뿐이다. 나는 식물이 되고 싶다.

나는 도망자일 뿐이야. 너희들로부터, 집으로부터, 세상으로부터 멀리 가버리고 싶을 뿐이라고.

묶어놓은 지는 얼마나 됐지?

제가 오기 전부터요.

딴 세상에 갇혀 있구먼.

......

약을 바꿔 봐.

나는 절대 폐기처분 되지 않겠다. 나는 존재한다. 존재들 사이에서 양팔을 활개 치며 다니겠다. 너희들 보란 듯이. 아니야. 저들은 내 얘기를 하는 게 아니야. 다른 사람일 거야. 나는 죽지 않아.

저쪽은?

그래 나는 저쪽이야. 멀쩡한 쪽이지. 너희와는 아무 상관 없는 저쪽이야. 이쪽은 다른 사람이고, 나는 저쪽이야. 아무도 와 본 적 없는 우주의 한 행성이지.

이건 악몽이다. 정신과 의사들은 알약으로 나를 조롱한다. 하지만 그 악몽이 가슴 깊이 가라앉아 있다.

어이, 라테 한잔하자고. 아메리카노도 괜찮고. 막대사탕한 개에 삼백 원, 껌 한 통에 오백 원, 캐러멜 한 통에 육백

원. 골라봐요. 말만 잘하면 한 개 더 얹어줄 수도 있어요. 골
라골라골라무조건오백원골라골라골라……

　지하도에서 한 아이가 죽었다. 장례식장에는 스님, 목사,
구청 직원, 이렇게 딱 세 사람이 있었다.

40. 아포칼립소

    나는 걷는다. 걷고 또 걷는다. 물 한 모금 마시지 못했다. 여기가 사막인지, 해안인지, 산악인지는 모르겠다. 그냥 걷기만 한다. 왜 걷는가, 어디를 가는가, 누구에게 가는가, 누구를 찾는가, 어째서 걷고 있는가, 지금은 몇 시지. 그저 걷기만 한다. 몸의 기운은 모두 빠져나갔고, 머리는 텅 비었다. 무엇을 생각해야 하는지도 모르겠다. 태초에 말씀이 있다고 했지만 어떤 언어도 나를 구원할 수 없다. 나는 아포리아에 빠져 있다. 나는 생각의 시공간 밖을 떠돌고 있다. 말 대신에 바람이 귀에 가득 차고, 풍경 대신에 어둠만 눈에 가득 찼다.

    귀에서 단어가 쏟아진다. 거울에서 거울로 옮겨 다니는 눈은 시점을 잃었다. 섹스팅 하는 곳이 어디죠? 나는 엄마를 먹었어요. 우리 엄마는 지니예요. 머릿속에서 박쥐가 날고 육식 공룡이 내 성기를 빨아요. 건널목 너머에서 육식 공룡이 나에게 손짓해요. 암만 달려도 건널 수 없는 길 건너.

육식 공룡이 강철 눈을 시퍼렇게 뜨고 있어요. 한 물건을 찾은들 거꾸로 된 좌표를 갖고 있으면 아무 소용이 없죠. 오늘 '좋아요'를 몇 번 눌렀는지 모르겠어요. 카페에서 꾼 백일몽 속 플라스틱 개가 나를 쫓아다녀요. 개미핥기와 도도와 낙타가 플라스틱 울음을 울어요. 나는 누구의 분실물이죠? 고장 내도 소용없어요. 난 변신 로봇이 되겠어요. 헤이 카카오, 말해줘. 몰록, 무無란 빈 머릿속을 건너는 무기죠.

말과 말이 부딪치고, 사물들은 낯선 시간을 녹화한다. 머릿속은 딴 나라의 세상이다. 눈에서 냉장고 우는 소리가 나고, 귀에서 시간의 웃음소리가 보인다. 사타구니에서 성기가 꼬르락 꼬르락, 화를 낸다. 손으로 달래줄 힘도 없다. 시도 때도 없이 팽팽하게 부풀어 오르는 놈이니 무시해도 된다. 그래, 너라도 길을 찾으면 됐지. 물이라도 픽 싸 봐. 작은 입으로 뭐라고 지껄여보라고.

나는 식물의 언어를 갖고 있어. 너와는 아무 상관도 없어. 나는 네 몸에서 양분을 흡수하는 기생식물이니까.

죽음에 이르러야 목적지가 보이고, 죽음을 맞이할 때 올바른 생각을 가질 수 있으며, 죽음으로 가는 문이 진정한 삶이야. 맞다. 나는 죽음으로 가고 있다. 생각 밖으로 가야겠다. 나는 도망자 지강헌처럼 비지스의 〈홀리데이〉를 부르고 싶다.

당신은 휴일처럼 편한 사람
그런 휴일같이
당신은 휴일을 보내고 있지
그런 휴일같이

〈미 비포 유〉의 루이자가 보고 싶다. 루이자는 안식이다. 죽음의 여인이 드레스를 치렁치렁 걸치고 손짓을 한다. 일요일에 오토바이를 타고 온 여인은 죽음의 미소를 얼굴 가득 물고 있다. 고흐는 말했다. 별에 닿기 위해서는 죽음을 맞이해야 한다고. 나는 별에 닿기 위해 죽어야 한다.

내 안의 검은 개 말테가 눈물을 흘린다. 개란 개들은 모두 컹컹거리며 돌림노래를 한다. 본드가 데려온 고양이들도 야옹거린다. 산고양이, 길고양이, 집고양이, 러시안 블루, 네바, 노르웨이 숲, 숏헤어, 아비니시안, 스핑크스, 싱가푸라
…….
산이 하늘을 무너뜨리고, 거울은 바다를 질투하고, 달은

눈꺼풀에서 뜨는 걸 좋아하고, 피아노는 산길을 걷고 싶어하며, 책을 거꾸로 읽는 새들이 태양을 뱉어낸다고 말하는 앵무새가 엘리베이터 소리를 내며 오라이! 구멍가게를 차렸다. 끼익 끼이익, 생쥐는 방을 만들어 제 새끼들 대신에 인간을 키운다. 집 강아지가 카운트다운, 목소리를 높이자 뻐꾸기시계가 오픈닝 세리모니를 외친다.

지금은 서기 2518년 12월, 구름이 잔뜩 끼어 금방이라도 쇠로 된 비가 내릴 것만 같다. 샤우론의 모르도르가 치솟는다. 인간이 만들어놓은 문명인 쓰레기 전자제품 설치 작품 전시장이 된 여기는 고담 시. 한 사내가 폐허 한가운데를 걷고 있다.

망가진 전자제품으로 된 사람! 안드로이드 언어로 말한다.

멜론, 멜론, 메에롱!

저만치, 피시식 소리를 내며 안드로이드가 지껄인다. 또 다른 세상으로 가는 길이리라. 수리수리 마하 수리 숭구리 당당 숭당당 아브라카다브라 와장창 보리 사바하!

언어의 문법을 파괴해야 한다. 말이 없는 순수의 세계에 들어야 한다. 그렇지 않으면 머리가 터져 죽을 거야. 문법이 없는 땅으로, 오르가슴 너머로 들어가야 한다. 내가 나 아닌 곳에 있을 때 나는 보인다. 한 거울에서 다른 거울로 건너가 듯이 한세상을 건너는 침묵의 발걸음만이 나를 살린다. 수 리수리 마하 수리 보리 사바하!

나는 오늘 가족을 모두 종이가방에 담으리라. 엄마, 아빠, 여동생, 마술사, 아돌프 뵐플러, 루이스 웨인의 고양이, 가 스통 퇴셔, 그리고, 그리고, 그리고, ……. 지니, 내 머릿속 에 지각하지 말아줘. 벌레들이 머릿속을 갉는다. 낯선 손가 락들이 자기들끼리 회의를 하다가 머릿속을 휘젓는다. 정육 점에 가서 칼이나 세어야겠다.

거울 속에서 마구 튀어나오는 아포리아에 현기증이 인다.

41. 아이덴티티

나는 지금 이 글을 쓰면서 착각에 빠진다. 나에 관해서 쓰는 것인지 지니에 관해 쓰는 것인지, 아니면 검은 개에 관해 쓰는 것인지. 나에 관해서 쓰지만 지니를 쓰고, 지니에 관해 쓰지만 검은 개를 쓰고 있다. 지니에게서 검은 개가 보이고, 검은 개에게서는 내가 보이고 나에게서는 지니가 보인다.

나는 분장사가 되고 싶었다. 나는 부끄러움으로 옷을 해 입었고, 잘못된 사랑으로 머리는 엉망진창이었다. '자기야!' 라는 말을 한철 내내 기다렸다. 날마다 거울을 들여다보지만 거울 속에서 낯선 사내와 마주하고는 온종일 화를 냈다. 길을 가다가 가로수에 깔려 죽을까 봐 걱정했고, 머리에 새 똥을 맞지 않으려고 피해 다녔고, 화장실에 가면 오줌이 나오지 않을까 봐 가슴을 콩닥거렸으며, 악마가 내 이름을 부를까 봐 귀를 막았다. 나는 내 뼈가 나무로 되어 있어서 썩을까 봐 걱정했고, 목소리가 다른 사람에게 전달되지 않을까 봐 큼큼, 목청을 다듬었다. 나는 유미리처럼 문젯거리 속에서 나를 찾았다. 나에게 이 세상은 온통 문젯거리로 가득했다. 나도 모르게 '요단강 건너서 며칠 후'를 흥얼거리는 자신을 발견하고는 주변을 두리번거리기도 했다. 내 뒤를 밟는 경찰이 있다고 생각해 자주 뒤를 돌아보고 돌아보다 기진맥진해서 집으로 돌아와서도 이 방 저 방을 확인하고, 장롱이나 세탁기, 냉장고 문을 열어보았다. 아무도 없는 집에서 내 몸이 부풀어 집을 날려버릴까 봐 몸을 웅크렸다. 그러면서 세상엔 나 혼자만 남아버렸다고 한숨을 지었다. 거리엔 사람들로 차고 넘치는데 사람들은 다 어딜 간 거야? 내 눈은 푸드득거리고 팔은 바람 속 허수아비처럼 나풀거리고, 다리는 오리처럼 어기적거렸다. 누군가가 그리우면 인터넷 사이트 이곳저곳을 서핑하며 '좋아요!'를 눌러댔다. 인터넷 속 여러 곳에다 나를 복제해놓고 안심을 했다. 알 까듯이 나는 도처에 나를 복제했다. 지니, 개, 우주인, 목소리만 남은 사내, 마술사, 그림 속 여자를 알 깠다. 그러고 나서 그래, 나는 존재하고 있어, 안심했다. 하지만 돌아서면 콩닥거리는 가슴을 주체하기 힘들었다. 나는 시도 때도 없이 나의 존재를 의심했다. 이때 찾아온 손님이 죽음이다. 나는 날마다 죽음이라는 손님과 맞닥뜨리느라 기진맥진했다. 그는 나를 닮은 쥐처럼 내 행세를 했고, 나를 이 지상에서 몰아내려고 했다.

어이, 생쥐 아저씨!

이 두려움에서 벗어나기 위해 폭식하고, 폭음을 하고, 자위행위에 열을 올렸지만, 평화는 잠시뿐이었다. 손이 아플 정도로 성기를 흔들어 댔지만, 폭음 뒤의 죽음, 자위 끝의 죽음이라는 몽롱한 상태는 한 시간도 안 돼 끝나버렸다. 하지만 그 죽음은 일시적이나마 나를 구원했다.

그 죽음은 있으면서 없고, 없으면서 있다. 존재를 확인하려고 하지 않으려 할 때 죽음이 눈을 뜬다. 목표가 없어야 과녁을 맞힐 수 있는 것과 같다. 이에 대해 처음으로 눈을 뜨게 해준 이가 지니다. 지니는 나에게 죽음이고 열반을 아는 선사이며, 나에게서 나를 건너게 해주는 뱃사공이다.

그때 자위하는 현장을 누이에게 들키지 않았더라면, 만약에 그 장면이 내 머릿속에 남아 있지 않았더라면 얼마나 좋았을까. 개처럼 헐떡거리다가 문을 연 누이와 눈을 마주치지만 않았더라면……. 오. 불쌍한 나의 아기. 눈이 없는 외계인. 내 손에서 어찌할 줄을 모르고 끄덕거리며 보채기만 하던 그 아이가 혼자서 들판을 걷는 듯 끄덕였다. 나는 내가 싫다. 과거도 지금도 미래도 내가 나인 게 싫다. 멍청이, 멍멍이, 멍충이, 맹이……. 나의 불행을 꿈꾸는 나의 가지, 자지子枝, 自支, 自持, 自知. 그 아이는 나에게 말했다. 넌 평생을 수치심으로 살아야 해. 모든 눈들이 너에게 손가락질할 거야. 하지만 성욕은 멈추지 않았다.

지니는 분장사였다. 어느 날은 여대생으로 나타났다가 어느 날은 여배우로 나타났으며, 또 다른 날은 환쟁이로 나타나 내 초상화를 그린다고 부산을 떨었다. 지니는 나에게 따뜻한 할머니였다가 뜨거운 애인이었다가 창녀였다가 죽음을 부르는 저승사자였다가 사형집행인이 되기도 했다. 〈23아이덴티티〉의 케빈처럼 지니는 웃음거리가 되고 싶지 않았다. 지니는 케빈처럼 말했다. 모두들 나를 놀렸어요. 복수하고 말 거예요. 그녀는 자신의 정체성을 믿지 않았고 인간의 사랑도 믿지 않았다. 나는 아직도 지니의 본래 모습을 모른다.

나는 나 이외의 존재다.

나는 병들었다. 나는 갇혔다. 나 자신이 병동이고, 소독내 풍기는 병실이다. 누구도 찾아와주지 않는 병실에서 멍하게 누워 있다. 천장이 언제 무너질까. 깔리면 어떻게 될까.

정신과 의사는 모두 정신병자다. 그들은 내 말을 분석한다고 한다. 내 꿈을 분석한다고 한다. 웃기고 자빠졌다. 꽈당, 넘어져도 웃고 있을 인형 같은 얼굴을 하고 외계인처럼 웃는 의사는 개자식이다. 어제 뭘 했냐고, 무슨 꿈을 꿨냐고, 부모님과 형제들과 사이가 좋냐고, 친구는 있냐고? 개자식아, 나는 친구도 없고 부모 형제도 없다. 내가 모두 죽였다. 웃기고 자빠졌네. 그리고 결국 한다는 말이, 약은 충실히 먹고 있냐고? 니가 써준 처방전은 병원 화장실 쓰레기통에 버렸다. 거기 찾아봐. 니 컴퓨터 프린트 잉크가 고자질할 거다. 그 새끼가 나를 갈기갈기 찢어버렸어요! 이히…….주먹 좆이나 먹어라. 선생님, 내 그림자가 미쳤나 봐요. 좆이나 까고 있나 봐요. 말려줘요. 이러면 좋겠지. 메롱, 내 엉덩이나 빨아라. 나는 너다, 알약 선생님아. 약을 먹으면 되는거지. 약약약약……. 알약이 나를 조롱해요, 선생님!

난 오늘 한 통의 편지입니다. 부스럭부스럭…… 종이가 뜯겨 나갑니다. 종이의 목소리입니다. 또 부싯부싯, 이것도 종이의 목소리입니다. 종이가 제 몸에 새겨진 얼룩을 읽습니다. 이것도 크리넥스의 목소리입니다.

이놈의 말의 구더기들. 샬레브가 보낸 편지다.

바닷물은 넘치지 않고 별들은 부딪치지 않아. 나무는 걸어

다니지 않고 소는 날아다니지 않아. 죽음은 살아 있음이야.
일어나봐. 눈을 떠!

  내 눈이 푸드덕 소리를 냈다. 그녀는 갑자기 사랑이 가득
한 엄마처럼 나를 부드럽게 껴안았다. 나는 너의 엄마이기도
애인이기도 예언자이기도 해. 마음속으로 간절히 나를 불러.
그러면 언제든지 달려올게. 지니와의 첫 만남은 이랬다. 그
만남은 니체의 디오니소스적 몽환처럼 짜릿했다.

  지니는 실존할까. 나는 맘대로 아라비안나이트의 지니를
떠올렸다. 들로리언, 나를 지니가 사는 셰에라자드의 밤으
로 데려다줘. 알라딘의 요술램프가 있는 곳으로.

42. 행성 B59의 발자국

. . . .
. . . .
. . . .
. . . .
. . . .
. . . .
. . . .
. . . .
. . . .
. . .
. . . .
. . . .
. . . .
.   .   .   .
. . . .
        . . . .

43. 부러진 말

질문만 쌓여가는 방. 불빛이 창문으로 흘러내린다. 발효된 침묵이 시큼하다. 고양이 울음이 매콤하다. 둥둥 떠다니는 그림자 진 단어들이 뾰족뾰족하다. 말소리가 웅얼웅얼 눅눅하다.

머릿속으로 연기가 핀다.

검은 개가 짖는다.

말테! 혹시 너니?

지니, 네가 말테를 데려온 거야?

머릿속이 시끄럽다.

어머니가 있었으면…….

엄마는 너무 멀리 있어. 다른 행성에 있다고. 아니, 죽었어. 나는 고아야. 엄마가 누군지 몰라. 엄마에 대한 기억이 없어. 엄마는 냄새도 없고 소리도 안 나. 엄마가 어떻게 생겼지? 고양이처럼 생겼나, 형광등처럼, 옷걸이처럼…….

네 안에 있는 엄마를 깨워. 네 개가 너무 크게 짖어서 네 엄마가 네 안에 웅크리고 있어, 넌 네 안에 엄마를 너무 외롭게 뒀어. 너는 네 엄마야. 네 감각에 휘둘리지 마. 네 그림자에 구멍을 뚫어. 너는 침대에 너무 오래 누워 있었어. 엄마가 품에 껴안도록 너를 맡겨봐. 엄마 품을 느껴봐. 네 안의 어머니가 너를 감싸 안도록 맡겨봐. 태어나기 전 엄마의 배 속에서 헤엄치고 있다고 느껴봐. 네 가슴 속에서 짖고 있는 개를 잠재워.

엄마? 엄마는 없어. 나는 엄마 얼굴도 기억나지 않아. 나는 고아야. 지니가 내 엄마인가.

지니!

맞아. 지니가 네 엄마야. 지니를 불러봐. 크게 불러봐. 넌 혼자가 아니야. 갇혀 있는 방에서 뛰쳐나와. 세상은 낯설지 않아. 지니가 너를 안내할 거야. 너는 그동안 말라버린 우물에서 개 짖는 소리만 내고 있었다고. 네 안의 개를 쫓아내. 그리고 네 안의 어머니를 불러봐. 그 어머니는 유아唯我, 커다란 너야. 너는 나이고, 그 사람이고 지니고 엄마이고, 꽃나무이고 시냇물이고 구름이고, 작은 행성이고 우주야. 어떤 티끌도 낄 수 없는 일물一物을 느껴 봐. 너는 보들레르가 말한 '진정한 여행자'가 될 수 있어.

그래, 나는 여행자야. 엄마, 나의 지니. 나는 너를 향해 수없이 떠나고 있어. 너는 나이고 나의 보금자리이고, 모든 마음이므로.

침묵을 느껴봐.

모든 침묵은 비트겐슈타인적이다. 말할 수 없는 건 침묵해야 한다. 침묵은 또 다른 말이다. 선禪도 말이지 않는가. 말도 안 되는 말이 선禪이다. 침묵은 말의 어머니다. 말을 불질러버려야 한다. 분질러버려야 한다.

거울을 들여다본다. 낯선 얼굴이 들락거린다. 넌 누구니? 어디선가 귀뚜라미가 '배고파요!' 긁적인다. 너도 한 마디 질문이니? 소리에 속지 마. 언어에 속지 말아야 해. 나는 우주가 돌아가는 소리이고 빛이면서 침묵이야. 침묵은 어머니야. 네 안에 귀 기울여봐. 네 안의 어머니가 깨어날 수 있게. 나는 어머니를 먹었어요. 집을 먹었고 누이를 먹었고 아버지마저 먹었어요. 나는 나를 먹고 냉장고를 먹고 식탁도 먹고 형광등도 먹었어요. 나는 먹보거든요. 지니는 말테를 먹고 말테는 나를 먹고 나는 지니를 먹었어요. 소가 히잉, 울고 말은 음매, 울어요. 토끼의 말을 들어야겠어요. 달이 부스럭, 창문을 깨뜨려요.

엄마는 무염시태無染始胎다. 엄마는 우주여행을 안내하는
메텔이다. 엄마는 나이고, 지니이다. 내 안의 엄마를 잘 돌봐
야 한다. 나는 엄마의 엄마다.

44. 사람은 무엇으로 사는가

R이라는 여대생이 있었다. 아침이면 잘 차려입고 학교로 가는 버스를 타는 성실한 여학생이었다. 갈색으로 물들인 머리칼은 길게 내려뜨렸고, 손가락은 투명한 매니큐어조차 칠하지 않은 학구파였다. 이 학구파는 지방에서 올라와 작은 원룸에서 혼자 자취를 했다. 그녀의 방은 밤늦도록 불이 켜져 있었다.

그런데 언젠가부터 주변에서 뒤숭숭한 소문이 돌았다. 그 소문은 미용실에서부터 시작되었다.

글쎄, 저 착한 학생이 술집 여자라잖아.

설마?

설마가 사람 잡는다고. 우리 애 아빠가 술집에서 봤다더라니까.

저렇게 얌전한 학생이?

얌전한 고양이 부뚜막에 먼저 올라간다잖아.

세상이 말세야.

목사님 말씀이 곧 불이 내린다는데, 진짜 심판의 날이 가까이 오는가.

학생이기나 할까.

누가 알아?

그렇게 얌전한 학생이…….

잘못 본 걸 거야. 세상에 닮은 사람이 한둘이야.

맞아. 교회도 얼마나 열심히 다닌다고. 난 못 믿겠어.

R은 목사가 꿈이었다. 일요일이면 교회에서 많은 일을 했다. 말도 거의 없었다. 가끔 하는 말은 전도사가 되고 싶어요, 한마디였다. 하지만 소문은 걷잡을 수 없이 번져 아이가 하나 있다는 소문에서부터, 가끔 남편 되는 사람이 다녀갔다, 늙은 남자 애인이 왔다 갔다는 데에까지 번졌다.

급기야 집주인이 벨을 눌렀다.

소문이 사실이야?

……

확실히 해야 해.

누군가의 머릿속으로 지나간 영상이 있었다.

R이 혹여 천사는 아닐까.

그리고 며칠 후 R의 모습은 보이지 않았다. 교회도 나오지 않았다. 그녀가 창녀가 맞다고 하는 쪽과 애먼 학생을 내쫓았다고 하는 쪽 사이에서 결론은 나지 않았다. 사람들이 주인에게 확인했으나 주인도 시원하게 대답을 해주지 못했다. 그리고 잊혔다.

R은 사람들에게 상처로 남았다. R은 누구의 업인가.

45. 본래 한 물건도 없거든

　곽암은 〈십우도〉에서 소와 소 주인 사이에 침묵의 길을 냈다. 소를 찾으면 뭐하겠는가. 그 소가 고집을 부리면, 또 내 소에 집착하면 뭐 하겠는가. 불 난 집으로 소를 데려갈 수는 없다. 애당초 소도 없었고 주인도 없었다. 소가 있었다고 생각하는 그 환각이 문제다. 없는 소를 찾는 주인은 자신의 환상 속에서 소를 만들어냈다. 소는 주인을 필요로 하지 않으므로 주인이 있을 턱이 없다. 없는 소를 찾아 헤매는 주인 아닌 주인이 소가 아닌 저 자신을 찾아 떠났다. 하지만 어디에서도 그의 자아는 없다. 결국 저잣거리에서 자신을 놔버림으로써 스스로 대자유인이 된다. 곽암은 그것을 그림으로 나타내려고 했다.

　말을 끊어야 한다. 모든 말은 실체가 없으므로. 말을 끊어버리면 곡기를 끊는 것처럼 내 안이 텅 비리라. 분홍색 말[言]은 정신 나간 컴퍼스. 물 없는 호수가 쏴— 하고 목소리를 낼 때 체크무늬 새가 하늘로 번진다. 태초 너머에는 말이 없었다.

이제 방을 비울 때가 된 것 같다. 선방禪房에 든 납자가 어깨짐을 짊어지고 절간을 나서듯이 갇힌 방에서 나가야 한다. 나의 행성을 비워줘야 한다. 어린왕자에게든, 뱀에게든, 꽃나무나 눈의 여왕에게든……. 이 행성은 내가 잠시 거쳐 가는 정거장일 뿐이다. 나는 우주의 시간 속 순간의 존재다. 그 찰나 속의 한 티끌도 되지 않는 시간에 나는 잠시 머물러 있었을 뿐이다. 그러므로 옴도 없고 떠남도 없다. 현재에서는 말할 것도 없고 과거에서도 미래에서도 옴도 떠남도 없다 어쩌면 여기도 저기도 환영일 뿐이다. 그러면 어디로 가야 하는가. 어디로 갈 수 있는가. 오고 감이 없는데 어디로 간단 말인가.

일곱 살 때였던가, 그 여름이었다. 그때 혼자 집 토방에서 우두커니 앉아 있는데, 한 스님이 목탁을 치며 나타났다. 그 스님이 나에게 암송하라고 가르쳐준 구절이 있다. 나는 그 구절을 무슨 진언이나 되는 줄 알고 마음속에 간직했다.

본래무일물本來無一物이어든 하처야진애何處也塵埃

어디선가 개 짖는 소리가 들린다.

열두 살 봄이었다. 햇빛이 나비인 양 지붕이며 담, 토방, 나뭇가지 위를 날고 있었다. 나는 지금도 분명 그 녀석이 나를 끌어들였다고 생각한다. 집에는 아무도 없었고, 집돌이 똥개 말테 녀석만 꼬리를 흔들어 나를 반기며 무릎으로 올라탔다. 녀석은 분명 나에게 올라탔다. 녀석은 내 얼굴을 핥다가 목을 핥고 간지럽게 손가락을 빨았다. 아, 그만해. 아랫도리가 짜릿했다. 녀석은 알고 있었다. 녀석은 나를 성적 노리개로 삼았던 게 틀림없었다.

그때 녀석의 간절한 눈동자만 아니었어도 나는 녀석을 겁탈하지 않았다. 아니다. 그놈 탓이 아니다. 내가 녀석에게 비역질을 했다. 비역질. 그건 계간鷄姦이었고 후장이었다. 내 성기가 녀석의 샅으로 들어갈 때 녀석은 고개를 뒤로 돌려 희열에 빠진 표정이었다. 나는 이미 흥분이 극에 달해 녀석 속으로 들어갔다. 녀석은 내 성기를 거칠게 끌어들였다. 그 뒤에도 녀석은 몇 번이나 나를 물끄러미 쳐다보았다. 나는 분명 그 개새끼와 화간했다. 그리고 몇 달 후 녀석은 사라졌다. 녀석이 어디로 갔는지 아무도 몰랐다. 나는 죄책감에 시달렸다. 나는 꿈속에서 녀석의 목을 졸랐다. 죽어! 죽어! 넌 내가 모르는 아무 곳에나 가서 죽어야 해. 악몽에 시달리다 결국 나는 내가 그 녀석을 죽였을 거라는 걸 믿지 않을 수 없었다. 어떻게 죽였는지, 왜 죽였는지는 모르겠다. 녀석에게서 도망칠 수 있어서 후련했다. 하지만 꿈은 아주 거짓말이 아니지 않은가. 녀석의 가출은 나와 어떤 식으로든 관련이 있었다. 나는 고야의 〈개〉처럼 녀석의 눈이 나를 애처롭게 바라보고 있는 걸 느꼈다. 나는 녀석의 덫에 걸렸다.

나는 너를 알고 있어!

녀석은 집요하게 나를 물고 늘어졌고, 나는 녀석의 영혼에 끄달려 다녔다. 녀석의 영상을 아무리 불태워버려도 녀석은 시도 때도 없이 나타나 우울한 눈빛으로 나를 바라보았다.
제발!
제─발!
아무리 간청해도 녀석은 사라지지 않았다. 나는 개의 환영에서 벗어나기 위해서 다른 환영을 끌어들여야 했고, 몽롱한 환상은 나를 잊게 했다. 인터넷에 빠지고, 영화나 게임에 코를 박는 생활은 나를 편하게 해주었다. 하지만, 하지만 ……
그때뿐이었다. 미친개는 몽둥이찜질이 제격이야. 총을 갖고와. 그때 다시 만난 말이 일곱 살 때 들었던 스님이 가르쳐준 구절이었다.

본래 한 물건도 없는데 어디에 티끌이 낀단 말인가.

우리의 생각은 본래 망상이며, 꿈의 조화에 불과하다. 내 머릿속에서 만들어낸 헛된 생각이 나를 휘두르고 있다. 모든 것은 마음이 만들어낸 망상일 뿐이다. 나의 눈과 귀가 조화를 부려 머릿속에 환각을 만들어냈다. 나는 지금 꿈을 꾸고 있다. 나도 없고 너도 없고 무심한 봄날만 있다. 그래서 하루키는 『태엽 감는 새』에서 읊었다.

나는 그, 그는 나, 봄날 밤

나의 개 말테가 나를 끌어들였다는 환상, 내가 말테에게 비역질을 했다는 망상은 나에게 수치심을 불러일으켰고, 나를 끝없는 나락으로 떨어뜨렸다. 죽음보다 못한 부끄러움은 내 영혼을 갉아먹었고, 나를 비정상의 구렁에 빠뜨렸다. 나는 어디에서도 평화를 얻을 수 없었고, 누구와도 어울릴 수 없었다. 나는 나 자신을 태엽 감고 있었다. 나는 스스로를 비난하고, 덮어씌우고, 몰아세우고, 짓밟았다.

말테는 말테였고 나는 나였고, 봄은 봄이었다. 봄 햇살에 몽롱한 나의 머리가 환각에 빠졌다. 지니도 없고 친구도 없다, 나라고 하는 생각도 망상일 뿐이다. 한 물건一物은 모든 상相이지만 무無이기도 하다. 아멘이니 아미타불이니 하는 것들은 그냥 텅 빈 말이다.

46. 여승

'미친년'인지 거지인지 찢어진 모자를 쓰고 다니는 여승이 있다. 그녀는 아랫마을로 탁발을 하러 다녔다. 비가 오나 눈이 오나 쨍쨍 햇빛이 내리쬐어도 모자를 푹 눌러쓰고 다니는 여승은 아무나 보며 웃었다. 말도 없었다. 그냥 웃기만 했다. 그녀의 말은 웃음이었다. 눈도 웃고 코도 웃고 귀도 웃고, 심지어 그녀의 헝클어진 머리카락도 웃었다. 사람들이

"이 바보야, 오늘은 어디를 그렇게 바쁘게 가냐?"

물어도 웃고

"모자는 쓰고 다니고 지랄이야"

하며 짓궂은 아이들이 발로 걷어차도 웃고

"이 미친년아!"

욕해도 웃었다.

하지만 할머니들은 그녀를 불쌍히 여겨 쌀이나 보리, 옥수수, 가끔은 생선 마리도 바랑에 넣어주었다. 그녀는 웃음으로 답했다. 곡식을 받으면 얼굴 가득 소리 없는 웃음을 지었다. 그녀의 웃음을 가만히 지켜보면 입술을 쫙 찢어 웃기도

하고, 입술을 뾰족하게 내밀면서 웃기도 하고, 눈을 휘둥그레 뜨고 웃기도 했다. 그녀의 이목구비는 웃음에 따라 달라졌다. 그녀는 웃음제조기다. 하지만 그녀의 웃음을 읽는 사람은 아무도 없었다. 그녀는 그냥, 바보이거나 불쌍한 여승이다. 동네 사람들은 뒷산의 바람 한 가닥이 마을로 내려왔다가 햇빛을 따라 올라갔거니 생각했다. 사람들에게 그녀는 거울 속으로 부는 바람일 뿐이었다. 한 스님이 그 바보를 데리고 산다는 소문이 한때 돌았다. 그 스님은 벙어리인데, 오갈 데 없는 처자를 거둬 머리를 깎은 뒤 스님이 되게 했다는 것이다. 절두암에는 금칠이 다 벗겨져 나간 아미타불 한 분이 모셔져 있는데, 머리가 없는 부처였다. 누구도 목탁을 두드리거나 염불하는 걸 들어보지 못했다. 비나 눈이 많이 오는 날에도 어김없이 그 여승인지 거지인지 하는 모자 쓴 여자는 산을 내려왔다. 할머니들은 그때마다 혀를 끌끌 차며 '한이 많은가벼!' 제 설움에 겨워했다.

나는 르네 마그리트처럼 몽환 속에서 헤어 나오지 못하고 있다.

47. 소풍

왜 이렇게 똥이 마렵지. 오줌이 몸 이곳저곳을 부풀린다. 심장은 벌써 천릿길을 달리고 있다. 온몸으로 불덩이가 돌아다닌다.

누가 내 삶을 훔쳐 갔는가? 누가 나를 엿보는가? 무엇이 두려운가? 무엇 때문에 두려운가? 떨고 있는 이 가슴은 누구의 것인가? 나를 조종하는 자는 누구인가? 쫓겨 다니는 것도 이제 지쳤다. 가만히 있을 수가 없다. 숨을 곳은 있는가? 여기는 어디인가? 숨이 목까지 차오른다. 컥! 컥! 더 이상 숨을 쉴 수가 없다. 악마의 손가락이 내 머릿속을 휘젓는다. 타이레놀, 타미플루를 줘! 프로작을 주든지, 뭐든지 상관없어. 언제까지고 약을 먹을게. 이제 잡고 있는 끈을 놓아야 하지 않을까. 숨이 가쁘다. 이 소리는 뭐지. 끼기긱도 아니고, 철퍽도 아니고, 까각도 아니고, 어흥도 아니고 야옹도 아니고, 아하, 아아아도 흐응도 아니다. 머릿속이 온통 소음이다. 뱉어버리고 싶은 이 소음은 어디에서 온 것인가. 계속 쌓이기만 한다.

내 안에 있는 창문이란 창문을 모두 열어젖히고 숨을 내쉬어야 한다. 모든 소리를 뱉어내야 한다. 소리를 지르자. 약을 뱉듯이 코로 입으로 눈으로 소리를 뱉자. 머릿속 말들을 뱉어야 한다. 머릿속 귀신들의 잔소리를 뱉어야 한다. 똥으로 싸버려야 한다. 삼킨 말들을 엑, 토해내야 한다. 잔소리꾼들은 어디에 숨어 있는가. 나는 누구의 조종도 받고 싶지 않다. 나는 나인가 너인가 그인가. 잔소리꾼 귀는 왜 헛소리를 번역하는가. 눈은 왜 쓸데없는 비디오를 틀어대는가. 이 환각을 벗어버릴 수가 없다. 마음에 처져 있는 거미줄을 걷어내야 한다. 아브라다카브라 숭구리당당 숭당당 보리 사바하!

카뮈는 불안하게 하는 것들의 존재를 우리가 모르고 있다고 했다. 현실을 바라보는 법을 모르기 때문이라고 했다. 그가 감동한 발튀스의 〈자화상; 고양이 왕국 폐하〉는 일상 속에 묻혀 있는 불안의 흔적이다. 하지만 그 불안은 눈에 보이지 않는다. 그렇다면 그 불안은 어디에서 오는가. 감각적인 현실과 그걸 느끼는 인간 모두에서 온다. 존재 자체는 불안 속에 있을 수밖에 없기 때문이다. 카뮈는 반항을 그 해결책으로 보았다. 하지만 반항은 또 다른 자아 드러내기이다. 카

뭐보다는 차라리 키르케고르처럼 자신을 다 드러내놓고 신에게 의지하는 게 더 나을지도 모른다. 하지만 신은 언어일 뿐이다. 불안도 언어다. 언어를 언어로 깨부수는 일은 선불교적 관념 놀이다. 달마는 언어로 언어라는 관념을 깨부술 수 있다고 했다. 그는 '안심필安心畢'이라고 했다.

혜가 마음이 불안합니다. 편안케 해주십시오.
달마 그 불안한 마음을 보여 달라. 내가 편안케 해주겠다.
혜가 아무리 찾아도 마음을 찾을 수가 없습니다.
달마 네 마음이 이미 편안해졌다.

달마는 마음을 어디에서도 찾을 수 없다고 했다. 본래 마음이란 없는데 인간이 망상으로 마음을 만들어내서 고통을 받는다. 의상 대사도 말했다. '가도 가도 그 자리, 와도 와도 그 자리.' 모든 것은 마음의 조화로 일어나는 환각의 장난인가. 감각이란 우리 마음을 어지럽히는 헛것인가. 이는 말장난이 아닐까. 화두란 말로 말을 깨부순다는 말장난의 표본이다.

소리로 집을 짓고 귀로 길을 가는 스님이 있다. 그 스님은 길이나 산, 언덕, 남의 집 옥상 아무 데서나 잠을 잤다. 춥거나 덥거나 가리지 않고 홑이불도 없이 자고, 끼니는 여기저기 구걸해 때웠다. 출가 절이 어디냐고 물으면 이렇게 대답했다.

하늘과 땅에 본래 주인이 어디 있는가.

나는 은하수 소리로 집을 짓고, 산을 떠도는 귀신을 안고 잠을 자지. 해조음이라고 들어봤나? 적막을 들을 수 있으면 해조음이 들리네. 나는 해조음을 들으려 이렇게 떠돌지. 해조음은 내 숨소리이기도 하고, 나뭇잎이 떠는 소리이기도 물소리이기도 해. 내 숨으로 우주를 돌리고 있는 거야. 조그만 풀잎이 바람에 흔들리는 걸 느낄 수 있으면 그게 우주의 리듬을 아는 거야. 나는 풀잎에서 우주를 보네.

귀신 씨 나락 까먹는 소리다. 하지만 미친 척 한 번 들어봄 직한 말이기도 하다. 자신의 가슴에서 해조음을 듣는 그는 이 지상으로 소풍을 다니고 있다. 그는 자신의 들숨과 날숨으로 우주를 돌리고 있다. 그는 들숨과 날숨 사이에 꽃이 피는 소리에서 바다의 조류도 듣고, 솔바람 소리도 들으며 우주가 도는 소리도 듣는다. 그는 자신의 들숨과 날숨 사이에 한 송이 꽃을 피운다.

크! 그는 말장난의 대가다.

적멸을 들어봐. 네가 지금 우주를 돌리고 있음을 알게 돼. 감각에 휘둘리지 말게. 감각은 속임수야. 적멸을 들으려면 자신의 숨소리를 오래오래 들어야 해!

아뿔싸! 그는 대자유인을 꿈꿨으리라. 그가 읊고 다니는 시가 있다.

깨달은 자들의 산에 나무 한 그루 있는데
천지가 생기기 전부터 꽃을 피웠네.
푸르지도 않고 하얗지도 않으며 까맣지도 않으나
하늘도 봄바람도 간여할 수 없네.

그리움이라는 것도, 지니도, 내 불안도 모두 내가 만들어 낸 것인가. 하늘도 봄바람도 없는 곳에서 피는 한 그루 꽃나무. 하지만 빚 받으러 오는 사람처럼 시도 때도 없이 나타나는 이 불안, 우울은 어디에다가 부려버려야 하는가. 또 내가 내 시체를 내려다보는 이 상황은 무엇인가. 환각은 똥 누듯이 누어버릴 수 있는가. 약이나 먹을까. 그놈의 약 선생에게 또 의지해야 하나. 약 선생은 저만 믿으라 한다. 약 선생이 언어 놀이보다는 더 확실할까.

그놈의 동그란 뺀질이. 짜릿한 전기는 나를 멀리 보내준다.

어쩌면 그 중놈이 가르쳐준 대로, 떠돌고 떠돌다가 지치면 한 곳에 오랫동안 앉아서 숨을 들여다볼까.

너는 천지가 생기기 전부터 있었느냐, 봄바람도 하늘도 간여할 수 없느냐. 너를 데리고 소풍이나 가볼까. 어쩌면 그 작은 한 알의 알약이 우주는 아닐까. 단순해지자. 나는 죽었다. 죽음이 나 대신 말하고 있다. 나는 식물인간이다. 언어도 잃고 감각도 잃어버렸다. 누군가가 나 대신 생각하고, 나인 체하고 있을 뿐이다. 내 머릿속은 텅 비었다.

나는 그저 한 줄기 풀잎이다.

자음과 모음이 비껴가는 도적 같은 말이 창문을 흔든다.
몰록!

일여一如, 한갓져야겠다. 지니에 대한, 나 자신에 대한, 세상에 대한 그리움을 내려놓아야 한다. 나는 식물성 인간이다. 고깃덩어리, 정육점에 매달린 고기다. 살아 있되 죽었고, 죽었으되 살아 있다. 심장을 욕망의 수렁에서 건져내야 한다. 감각은 소비다. 언어도 소비다. 사랑도 소비다. 이제 소비를 멈춰야 한다. 내가 내 죽음을 내려다보아야 한다. 나는 한 잎의 풀처럼 바람 따라 흔들려야겠다.

내가 나의 시체를 내려다보지 않고는 나는 깨어나지 못하리라. 브란쿠시처럼 단순해지지 않고는, 식물처럼 살지 않고는 살아도 산 게 아니다. 나는 고요하게 앉거나 눕거나 오직 숨을 쉴 뿐이다. 깊이 들이쉬고 또 오랫동안 내쉰다. 오직 숨에만 집중할 뿐이다. 숨길을 따라 걸어본다. 한없이, 한도 없이, 발길 닿는 대로 숨 위를 걷자.

48. ○

개똥지빠귀가 파르락 파락 동그랗게 날아간다!

우울 씨에 관한 48가지 비밀

초판1쇄 2019년 8월 1일

지은이 | 전　욱
편집인 | 이용헌
펴낸이 | 윤용철

펴낸곳 | 소울앤북
주　소 | 경기도 파주시 회동길 325-22, 3층
전　화 | 02-2265-2950
등　록 | 2014년 3월 7일 제4006-2014-000088
이메일 | poemnpoem@gmail.com

ISBN　979-11-967627-0-4　03810

값 12,000원

＊이 책의 전부 또는 일부 내용을 재사용하려면 반드시 지은이와
　소울앤북의 서면 동의를 받아야 합니다.
＊잘못된 책은 바꾸어 드립니다.
＊이 도서의 국립중앙도서관 출판예정도서목록(CIP)은 서지정보
　유통지원시스템 홈페이지(http://seoji.nl.go.kr)와 국가자료
　종합목록 구축시스템(http://kolis-net.nl.go.kr)에서 이용하실
　수 있습니다. (CIP제어번호 : CIP2019028037)